文芸社セレクション

葛藤を抱えた者達に灯火を

山元 カエデ

YAMAMOTO Kaede

文芸社

目次

天国(てんごく)と地獄(じごく)

「初夢(はつゆめ)」

一年に一度だけ新年のある夜に見る夢。

見た内容で、一年の吉凶を占う風習のようなものだ。

一、富士　二、鷹　三、茄子　四、扇　五、煙草　六、座頭の順に見ると今年はうまくいく。昼休みに携帯で調べものをしている時にちらっと見た記事に書いてあった。

俺は、職場のオフィスにいた。隣の席に座っている同僚の圭(けい)に話しかけた。

「おい、圭。」

「なんだよ、灰。今忙しいんだよ。用なら後にしてくれ。」

「まあ、そういうなよ。初夢、て知っているか?」

「あ〜、一、富士　二、鷹とか言うやつだろ。」

「お前見たことあるか?」

「見たことねえよ。見ようと思って見れるようなことじゃないだろ。」

「そうだよな。」

「灰は、見たいのか?」

「見たいわけじゃないけど、気になってな。」

「一年に一回だけだぜ。確率的に難しいだろ。生涯で一回見れるかどうかだよ。」

「そうだよな。見れたからって何か生活が変わるわけでもねえしな。」

「そうだよ。忘れろよ。俺ならきれいな女性が夢に出てきてくれた方がうれしいけど。」

「お前らしいな。悪いな作業止めて。」

話を終えてお腹が減った。昼食を食べる為に食堂に向かった。

社員食堂があることはありがたかった。

空腹と言うこともあり、俺はカツ丼を注文した。

午後からの仕事を乗り越える為にも力をつけておきたかった。

そんな時に丼物はありがたかった。

コンビニにいけばカツ丼一個で一コイン以上とられる。食堂で食べれば一コインですむ。

なによりうまかった。食堂のおばちゃんにはいつも感謝している。

腹を満たし、食堂を後にした。オフィスに戻り午後の作業を再開した。

俺が働いている会社は出版社で扱う雑誌などの記事を書く仕事がメインだ。

記事を書くにも情報収集、コミュニケーション能力が必要だ。

俺が、この会社に入ったのは大学を卒業した五年前のことだ。前から興味があり応募し内定をもらい入社した。

だが、現在世に出せるような記事は書けていない。

もう五年目でもあり結果を出さないと俺の首が飛びかねなかった。

同期は、もう結果を出している。俺は、出遅れていた。毎日イライラしながら仕事に励んでいた。

ライターの世界では、いい記事を書いた奴が色々な方面から情報を得ることができた。記事にならない奴に情報をあたえてもプラスにはならない。そんなこともあり俺の所には情報がまわってこない。

書く能力は必要だが何よりも情報がなければ記事を書くこともできなかった。

挙げ句には、後輩にも先を越されていた。俺は会社のお荷物になっていた。職場の雰囲気をみれば一目瞭然だった。

早くみんなに追いつきたい。あわよくば追い抜きたいと思っていた。だが簡単ではない。

それは、一番自分が分かっていた。

突然、後輩が声を掛けてきた。一緒に協力してくれると期待した。だが用件は違った。

「先輩すいません。書類のコピーお願いします。」

「なんで俺が！」

「すいません、自分この後会議があるので。」

俺は、心の中で怒りがこみ上げてきたがグッとこられた。

「分かったよ。」今日も俺は後輩からパシられた。

この頃多くなった気がした。

この会社では、歳は関係なかった。実績がすべてだった。
俺は、実績が少なかった。ここ最近陰口を言われたりパシられたり散々な目にあってい
た。
「ちくしょう！」つい本音が口から出てしまった。
辺りを見渡すといつの間にかオフィスには社員が数えきれる程しかいなかった。
残っている社員は、俺と同じ会社のお荷物だった。ただ会社にしがみついているだけの
役立たずだった。いわば戦力外だ。
同僚の圭はいなかった。あいつは実績があった。
この前も上司にほめられていた。
俺は、このままだとやばかった。なんとかしないといけなかった。俺は、手を動かすこ
とにした。パソコンを開いて情報を探し回った。だがそう簡単には見つからなかった。
今は、誰でもインターネットを繋げれば色々な情報を手に入れられる。そんな中で当た
りくじが残っているわけがなかった。バカバカしくなってしまった。
今日は、もうやる気になれなかった。俺は、パソコンを閉じて帰り支度をしてオフィス
を後にした。この空間にいるだけで気分が暗くなった。本当にこの会社は俺にあっている
のか？　ダメだ。まだいける。俺は自分に言い聞かせて深呼吸した。
俺は、すぐに暗いことを考えてしまう悪い癖があった。
会社を出たのは、午後五時を回ったところだった。まだ外は明るかった。

帰るには早かったこともあり近くを散歩することにした。五分程歩いた所に公園があったので寄った。

公の場ともあり子供達が遊具でにぎやかに遊んでいた。

俺も昔は子供達のように将来のことも考えずに楽しく日々を送っていた。俺は一人子供の頃の事を考えながら近くのベンチに座り休憩した。

数分が過ぎた頃、一人の老人が俺の隣に座った。

赤の他人とはいえ一つのベンチで二人で無言の時間が続くことはたえきれなかった。俺は自ら老人に話し掛けた。

「今日は、暑いですね。」

「あ～、暑いな。」

「ここら辺にお住まいですか?」

「最近まではな。一軒家に家族で住んでいたよ。あんたは?」

「ここから徒歩十五分程の一軒家に。」

「ほう、一軒家か。それはご立派だ。」

「いえ、両親の家ですが。」

「なんだ、お前さんの家じゃないのか。親のすねかじっているのか。」

「すいません。」

そこで会話は途切れた。二人の間に気まずい空気がながれた。俺は話の内容を変えた。

「初夢見たことありますか？」

「あるよ。」

「あるんですか！」

「そんなに驚くことか。長く生きていれば一度は見るよ。」

こんな簡単に見ている人に会えるとは思わなかった。今日初めてあった老人に親近感が湧いた。俺は、もう少し話を聞きたかった。

「どんな夢でしたか？」

「ナス牛だよ。」

「ナス牛？」

「知らないのか！　お盆に仏壇にお供えする物だよ。」

「あ～、思い出しました。それを初夢で見たんですか？」

「そうだ。正月から悪い夢だったよ。それでも、また嫁さんに会えたことはうれしかった。しっかりと天国に帰ってくれたと思うよ。」

老人の嫁さんは、二年前に病気で亡くなったようだ。つらい思い出を蒸し返してしまった。

「初夢を見て何か良い出来事はありましたか？」

「逆だよ。悪いことが続いたよ。」

「悪い事？」

「テレビが壊れたり、トイレの水が流れなくなったり散々だったよ。」

「すいません、質問ばっかりして。」

「いいよ。あんた仕事は？」

「ライターをしています。有名ではないですが。」

「なに言ってる。まだ若い、頑張れよ。」

「ありがとうございます。」お礼を言い老人と別れ公園を後にした。

色々と励ましてもらった。

いい老人だった。

公園でしゃべっている内に日が暮れていた。帰り道にコンビニでお酒を買い帰路に就いた。

自宅に着くと、両親の車があり先に帰ってきていることが分かった。

玄関のドアを開けた。すると、中から両親の笑い声が聞こえた。

だが、俺が「ただいま！」と声を上げると笑い声は消えた。二人の楽しい雰囲気を潰してしまったような気がした。

俺は靴をぬいで家の中に上がった。手洗いをしてリビングに向かった。

今さっきまでの明るい空間はなかった。二人は黙々と食事をしていた。

俺は、席に着いた。母が作ってくれた夕食と買ってきたお酒で食事を始めた。

気まずい沈黙が続いた。父は、たえきれずに話し出した。

「仕事の調子はどうだ、灰。」

「うまくいかないよ。いい記事は書けてない。雑誌に載る予定もないよ。」

そこで母も話し出した。

「灰ちゃん大丈夫、元気出してまだこれからよ。」

「まだだと！　梨子、こいつはもう五年目だぞ。そろそろ結果を出さないと、将来が危ないだろ。」

「分かっているわよ、私も。灰ちゃんだって毎日頑張っているのよ。」

「頑張っているのは分かるが、結果を出さないと誰も信用してくれないだろ。」

俺は、二人の会話を遮って話に割り込んだ。

「父さん、もう少しだけ待ってくれ。それで結果がでなければ俺はライターを辞めるよ。」

「そうか、分かった。もう少しだけ様子をみよう。でも、お前もいい歳になる。結婚したり色々やるには安定した会社に入るほうがいい。」

「分かってる。でも俺は、ライターという仕事が好きだ。辞めるつもりはないよ。絶対に。」

「言うようになったな。健闘を祈るよ、灰。」

その後も雑談をしながら食事が続いた。夕食を終えて俺は、お酒だけ持って自室に向かった。

部屋で過ごして数分後、ドアをノックして母が中に入ってきた。

「灰ちゃんごめんね。あの人本当は応援しているのよ。面と向かっては言わないけど。」

「母さん、俺もそれは分かっていたよ。父さんは、公務員で安定した職場にいる。我が子にもそういう道に進んでほしいことは当たり前だと思うよ。」

「そうよね。分かっているなら大丈夫ね。思う存分やりなさい。」

「ありがとう、母さん。」

母は、部屋から出ていき俺一人になった。一人でこれからについて考えた。

両親の前では大それた事を言った。だが記事に出来るようなネタなど持っていなかった。

一発逆転できるネタなどそうは転がっていない。俺は、頭をかかえた。

たえきれずに窓を開けてポケットから煙草を出し火を付けて吸った。

俺の悪い癖だ。不安になると自らをコントロールできなくなる。俺はそういう時、煙草に頼ってしまう。

やめようとは思っている。だがポケットに煙草が入っていないと落ち着かない。

日常的にイライラしていることもあり手離すことができない。

自分では抗えないのだ。自分で自分が恐くなる。

考えていると、不意に机の上の携帯が鳴った。

知らない番号だった。

いたずら電話かと思い出るのを躊躇した。

数秒して切れた。

二回目はなかった。

だが、突然部屋の外から母の声が聞こえた。

「灰ちゃん、電話よ。」部屋を出てリビングに向かった。

俺は母に話し掛けた。

「母さん誰から？」

「夏ちゃんだよ、久しぶりだね。」

夏？　久しぶりに聞く名前だった。

高校を卒業してから会っていなかった。

実を言うと、俺の初恋の相手だ。

俺は緊張したが、電話に出た。

「もしもし。」

「灰君、久しぶり元気だった？」

「元気だよ。何かあったの？」

「今度高校時代の仲間で飲み会するんだけどこない？」

「行くよ！　久しぶりにみんなと会いたいし。」

「じゃあ、来週の日曜日に。会場は、また連絡する。」

電話は一方的に切られた。久しぶりだったこともありもう少し話したかった。

久しぶりに夏の声を聞いた。この頃、職場の同僚やプライベートで誰かと飲みに行くことはなかった。

職場には飲みに行く相手はいなかった。

一緒の職場の社員とはいえ情報交換することはない。プライベートでも同じだった。

俺達は、仲間ではない。ライバルでしかなかった。いい記事を書こうとみんな躍起になっていた。

急に、まぶたが重くなった。俺は、布団に横になり寝ることにした。

何時間寝たのか？　眠れた気がするが、体は重かった。いい睡眠がとれなかったと思った。

この頃三時間に一度は目が覚める。

悪い夢を見ているわけではなかった。だが、理由もなく目が開いてしまう。

仕事のストレスで睡眠障害になっている可能性もあった。

明日、午前中仕事を欠席して病院に行くことにした。

俺は再び目を閉じた。

次の日、布団から起きてリビングに行くと母だけしかいなかった。父は早く家を出たらしい。

俺は、病院に行く予定があるが余裕はあった。ゆっくりしてから家を出ることにした。

久しぶりにテレビを見ることにした。

テレビを見ることは最近ほとんどなかった。

今は、パソコンでインターネットをつないで色々な情報を手に入れることができる。日々情報は更新されている。

ライターをやっていることもあり、新しい情報を集めなければ命取りだった。

テレビ画面には、来月からガソリン代が値上げするニュースが流れてきた。俺は、油断していた。次のニュースに変わった時俺は心臓の高鳴りを感じた。

昨日S県山林で女性の遺体が発見されたニュースに興味をひかれた。

女性？　またぶっそうな事件が起きたようだ。

報道によると女性の後頭部には何かで殴られた跡があり、首にも縄でしめられた痕跡が残っていたようだ。

警察も殺人事件として捜査しているようだ。

朝から暗いニュースを見て途中で食欲が無くなってしまった。やむおえず残すことにした。

少し家を出るには早かったが、散歩しながら病院に向かうことにした。

今日は、平日ということもあり、通勤途中の人達で溢れていた。

なぜか赤の他人であるのに人が多い所に行くと安心した。

閉鎖されたオフィスで作業をしていると意外と人混みを好むのかもしれない。

一個人の意見だが。

病院に着くと、待ち合い室に人はいなかった。すぐに案内されて先生に診察してもらうことができた。

　部屋の中に入ると、若い男性の先生がイスに座っていた。やさしく対応してくれた。

「今日は、どうされましたか？」

「実は、この頃眠れなくて。」

「今週いい時で、何時間ぐらい眠れましたか？」

「六時間を二回に分けて時には三時間程しか眠れない日もあります。」

「それはつらいですね。健康な方だと夜に目をさますことはないんです。睡眠障害の可能性があります。」

「先生、俺はどうすればいいんですか？」

「まずは、規則正しい生活をして風呂では湯船に浸かってください。寝る前に体のマッサージをすることも効果があると思います。」

「分かりました。やってみます。」

　念の為、先生が睡眠薬を処方してくれた。

　先生にお礼を言い、病院を後にして職場に向かった。

　職場に着くと隣の席に座っていた圭に話し掛けた。

「おはよう。仕事の進みはどうだ。」

「灰、今日は午後から出勤か。ご立派だな。」

「ちゃかすなよ。病院だよ。少し疲れていてな。」

俺の職場は記事を提出すれば出勤と欠勤は自由だった。そういう自由なところが俺には合っていると思い、この会社に決めた。

圭は話題を変えた。

「灰、見たか。早朝のニュース？」

「あ〜。山林で女性の遺体がみつかったニュースだろ。」

「あの事件ここら辺で起きたみたいだぜ。ネットでは、女性の名前も特定されている。」

「まじかよ！　見つけるの早いな。」

「お前が遅過ぎるんだよ。」

「うるせえよ。」

俺は、急いで携帯で調べた。殺害された女性の名前と写真を見て俺は驚愕した。

藤田夏と書かれていた。頭が真っ白になった。

圭が俺の違和感に気付いて話し掛けてきた。

「どうした、灰の知り合いか？」

「あ〜。高校時代の同級生だよ。」

「まじかよ！　それはお気の毒に。」

「圭！　すまんが俺、今から情報収集する為に外出るわ。」

「もしかしてこの事件を追うのか？」

「あ〜。追うつもりだ。いい記事にしてみせる。」

「灰、無理するなよ。相手は人を殺している奴だ。深入りするなよ。」

「分かっている。じゃあな。」

俺は、オフィスを出て情報を集める為歩き出した。

まずは、夏の実家に行くことにした。

夏が生きていた頃の状況を両親から聞きたかった。己の足で情報を集める。

初心に戻った気分だった。

夏の実家は、職場から歩いて三十分程かかる。俺はタクシーで向かった。

まさか、夏が殺されるとは思わなかった。

高校卒業して以来会っていなかった。昨日電話でしゃべった時は元気な様子だった。

何かトラブルに巻き込まれて殺害されたのか？

嫌な想像ばかりしてしまう。

真相は分からないが危険なことだけは分かる。

タクシーが夏の実家の前に止まった。

運転手に料金を払って玄関に向かった。

インターホンを押すと夏の母親が出てきてくれた。

何度か遊びにいったこともあり、俺のことを覚えていてくれた。

「灰君、久しぶり。元気だった。」

「はい、おかげ様で。このたびは夏がご愁傷様でした。」

「ありがとう。まあ、上がってお茶でも出すから。」

俺は、夏の母親にうながされて家の中に上がった。その後、リビングに案内された。

まだ夏の遺体はここにはない。警察が色々と調べていると思う。

テーブルに対面して座った。緊張しながらも俺から話し掛けた。

「夏は、昨日の夜どこにいたか分かりますか？」

「分からないわ。私が寝るまでは自室にいたと思うわ。」

「じゃあ、夜中に家を出ていったということですか？」

「それも分からないの。私が寝たのが午後十時頃だったわ。その後だと思うわ。」

「ここ最近の夏の様子はどうでしたか？　変わったことは？」

「特に変わった事はなかったけど。無言電話が何度か家にかかってきたわ。」

「何時頃ですか？」

「午後七時から八時の間だったと思うわ。よく夏と夕食を食べている時間だったわ。」

「音とか聞こえませんでしたか？」

「近くで電車が通る音と猫の鳴き声が聞こえたわ。」

電車と猫か？　ヒントになるのか分からなかったが、何もないよりましだった。

俺は話を続けた。

「人間関係でトラブルはなかったですか？」

「ないと思うわ。仕事も楽しいって言っていたわ。そういえば、毎週高校時代の仲間と飲んでいるみたいだったわ、あの子。」

「誰だか聞いていますか？」

「木村君と手島君て言ってたわ。」

「俺も二人とは仲が良かったので知っています。懐かしいです。」

「分からないわ。なんで夏が殺されないといけなかったのか。」

彼女は、顔を曇らせて苦しげに話をした。

俺は話を続けた。

「俺が調べて真相を明らかにします。」

「うれしいわありがとう。そういえば、今灰君ライターなのよね。夏がなぜ殺されなくちゃいけなかったのか真実を明らかにしてね。」

俺は返事をして夏の家を後にした。

夏の母親からいい情報を手に入れることができた。だが、正直二人とは会いたくなかった。

木村・手島か。嫌な奴の名前を聞いてしまった。

俺は、二人の家に向かった。だが、今は他の人が住んでいた。

諦めかけた時、彼に協力を求めた。会社の同僚の圭に電話をかけた。すぐに圭は出た。

「もしもし、灰だけど調べてほしいことがあるんだ。」

「なんだよ、今忙しいんだよ。次の原稿を仕上げないといけないんだよ。」

「今度飯おごるから頼むよ。木村拓、手島強二人の男性を調べてほしいんだ。」

「誰だよ、そいつら。今追っている事件に関係あるのか？」

「たぶん関係ある。頼む。お前のつてで調べてくれ。」

圭が数秒悩んでからＯＫを出してくれた。

「分かったよ。俺の知り合いにあたってみるよ。また電話する。」

俺は、彼に礼を言い電話を切った。

なんとか圭をまるめこむことができた。

圭は、ライターの業界では有名だった。

圭のつてがあれば二人の居場所をつきとめることが出来るはずだ。

俺は、急に腹がすいてきた。朝少し食べてそれから何も食べていなかった。俺は、近くのコンビニでサンドイッチと牛乳を買った。近くの公園で食べることにした。

大学時代は、よく昼食に食堂に行かずに簡単に食事を済ます為によく食べていた事を思い出した。正直お金もなかった。

公園のベンチで食事をしていると隣に男性が一人座った。彼は、いきなり俺に声を掛けてきた。

「あの～、灰君？」

「誰？」

「俺だよ、覚えてない。手島だよ！」

「手島！　あの弱いものいじめしていた。」

「それは昔の話だよ。話せば長くなるが、あの時はやらなければ俺の身が危なかったんだ。今は、仕事を続けながら頑張っているよ。」

「そうなのか。お前も大変だったんだな。」

「散々だったよ。木村にも裏切られるしよ。」

　手島の話によると、彼は木村と一緒に高校時代は弱いものいじめをしていた。他人からお金をせしめたり他人の物を盗んだり色々なことをしていた。だが、そんな悪さが先生に見つかると木村は全部手島一人のせいにして裏切ったようだ。その結果手島は高校を退学することになった。木村は卑怯な奴で自ら手をくださずに手島にやらせていた。それもあり見つかった時は手島一人のせいにされたのだ。

　手島は話を続けた。

「夏が殺されたのは知っているよ。でも俺は関係ないよ。本当だ。昨日はずっと家にいた。信じてくれ。」

　俺は、彼に聞きたかった事を質問した。

「まだ木村とは会っているのか？」

　彼は迷いなく答えた。

「あー、会っているよ。でも最後に会ったのは先週の日曜日だ。」

　俺はさらに彼を問いただした。

「夏、木村と飲みに行ったのか?」

「あ〜、そうだ。」

「なんで、まだ木村と一緒にいるんだ。」

手島は言いたくなさそうに口をつぐんだ。だが数分後観念したのか話し出した。

「実は、木村の父親は建設会社の社長さんなんだ。仕事がなかった俺の父を雇ってくれたんだ。だが、父はある日会社のお金を盗んでどこかに消えたんだ。それで木村の父親の会社は潰れたんだ。それで木村家はおかしくなったんだよ。俺の父親のせいでな!」

手島の話は続いた。木村の父親はお酒に溺れ、母親は精神的にまいってしまった。

その原因を木村は、子供の強(つよし)に押しつけた。手島は木村に言われた通りにいじめを繰り返したのだ。

俺は手島に本音をぶつけた。

「今回の夏の殺害、木村がやったのか?」

「分からない。あいつの家も知らない。」

俺はまだ聞きたい事があったが、やめることにした。

「分かったよ。話してくれてありがとう。」

「灰君、今ライターやっているんだろ。この事件追うんだろ。なら、気をつけろよ。」

手島と別れて公園を後にした。

手島の話を聞くかぎりやはり木村が夏を殺した可能性が高い。

だが、なぜ夏を殺さなければいけなかったのか？　自分に不利な事があったのか？　真相が見えてこなかった。

その時、ポケットに入っていた携帯が鳴った。圭からだった。

「灰！　木村と手島の居場所が分かったぞ。」

「ありがとう。でも手島とは今偶然会って話を聞いたよ。手島は、犯人じゃないよ。」

「仕事が速いな。やれば出来るじゃねえか。木村の方は今家が無いホームレスをしている。」

「本当かよ！　それは。」

「確かだ。俺が前に取材でホームレスの日常を記事にした時に知り合った老人から聞いたからよ。」

「老人？」

「あ〜、ここらの公園を回っているみたいだ。」

俺は圭にお礼をいって電話を切った。

俺は教えてもらった場所に向かった。

歩いて十分程で目的の場所に着いた。

河川敷だった。近くに線路が通っており疎らだが野良猫もいた。やはり犯人は木村なのか？　まだ分からない。

高架下には、ダンボールで作られた家が二つあった。その前に二人の男性がいた。

一人は公園で話した老人だった。もう一人は面影はないが木村だと思った。二人とも俺には気づいていなかった。

俺は、二人に近づいて声を掛けた。

「お久しぶりです。」

老人はこちらに顔を向けた。

「誰だね。君は？」

「昨日公園でお話ししたじゃないですか。覚えていませんか。」

「公園？　あ！　ライターの子か！」

「そうです。あなたは木村君の父親ですよね？」

数分沈黙が続いた。だが老人は観念したのか口を開いた。

「なんで分かった。」

「手島君から聞きました。あなたの会社のお金が盗まれて倒産して家族がめちゃくちゃになったこと。後、隣に拓君がいるので。」

「バレているならしかたないな。俺達の生活は会社が続いていた時は天国だったよ。でも倒産した後は地獄が待っていた。借金だけが残り嫁さんはたえきれずに自ら命を断った。成れの果てがホームレスだよ。落ちたものだ。」

俺は、二人になんて声をかければいいのか思いつかなかった。そんな俺の心を見透かしたように木村の父親は話を続けた。

「初夢で嫁さんに会った時本当にうれしかった。いい事があるんじゃないかと期待したよ。だがそんな簡単に生活は変わらなかった。一回転落した俺達家族は、這い上がることは出来なかった。」

俺はたえきれずに二人に夏の事件についてぶつけた。

「夏を殺したのは、あなた達ですか？」

「いや俺一人だ！　殺したのは俺だ！」ここで、初めて拓君が口を開いた。

「黙れ拓、これ以上話すな。殺したのは俺だ。お前じゃない！」

「嘘だ！　なぜ父さんは俺をかばうんだ。殺したのは俺なのに。」

「やめろ、もういいんだ！　俺はこれ以上家族を失うのはごめんだ。俺は奪われてばっかりだ。ちくしょう。」

「父さん、俺もう逃げたくないんだよ。罪を償ってもう一度頑張りたい。ごめん、俺自首するよ。」

「そこまで言うなら俺は止めない。だが俺は拓に嘘をついてきた。」

「嘘？」

「お前が夏さんを石で殴った後、まだ彼女の息はあった。最後に命を奪ったのはお前じゃない、俺なんだ、拓！」

俺は今納得した。

だから、彼女の遺体には二つの殺害の跡があったんだ。

この事件は、二人による犯行だった。

拓の父親は話を続けた。

「拓ごめんな。俺は、夏さんの一言でカッとなって近くに落ちていた縄で首をしめて殺したんだ。」

「父さん夏になんて言われたの？」

「拓、聞かないでくれ。頼む。」

「分かったよ。二人で自首しよう。」

「そうだな。」

二人は、その日に警察署に行き自首した。

事情聴取で拓は、夏と飲みに行った時に俺は店に忘れ物をして彼女は快く届けてくれた。

だが、忘れ物を届けたことで俺がホームレスであることを知った。ダンボールの家を彼女が見た時すべての関係が終わったと思った。彼女は軽蔑した目で汚い言葉で俺を罵った。

俺は我慢できなかった。

理性が壊れて激情して近くにあった石で彼女の頭を何度も殴った。本当に死んでしまったと思った。恐くなってその場から逃げた。息があったことは知らなかった。本当に悪い事をしたと思っています。

罪を償いたい。大まかだが彼が話した内容だ。

拓の父親は、家に帰ってくると女性が河川敷の草むらの所に倒れており頭から血を流していた。心配になって助けようと近づいた。その時に彼女から「汚い手で触らないで！」と吐かれて自分と拓が傷つけられたと思いカッとなって近くに落ちていた縄で首をしめて殺した。こちらも大まかな内容だがたしかな情報だ。

二人が語った内容は、ライターとしてのつてを使い入手した。

遺体の遺棄も認めた。ホームレスの知り合いからトラックを借りて拓と一緒に山林まで運び遺棄したと話した。

許すことは出来ないが同情する気持ちもある。

二人が悪いことはたしかだ。だが彼らも一生懸命生きてきたのだ。

華やかな過去があった。

だが、信じていた社員に裏切られてすべてを失った。

それでも諦めずに生きてきた。

それを夏の一言で汚されたのだろう。

二人に殺意が芽生え犯行におよんだと俺は考えている。

不運な家族としかいいようがない。

夏が悪いわけではないと思う。

同情するしかなかった。

人間は、己と違う地位の人を見ると素直に受け入れることはできない生き物だ。

つい本音を発しただけで相手を怒らせることもある。

時には、自らの命が危険に晒されることもある。

夏は、彼らのタブーに触れてしまったのだ。

俺は、急に気分が悪くなった。

夏の母親にどう説明すればいいのか思いつかなかった。

正直に話して精神的にたえきれるのか心配だった。

だが、俺には夏の母親に伝える義務があった。

夏の家に向かった。

家に近づく程に緊張は増した。

家の前で深呼吸をした。

気持ちが落ちついて玄関のインターホンを押した。

すぐに、夏の母親が出てきてくれた。

俺を家の中に入れてくれた。


リビングのイスに対面して座った。俺は殺人事件の全容を話した。

夏の母親は、涙を流しながら話し出した。

「なぜ夏は死ななければならなかったの？」

「俺には、正直分かりません。」

「ごめんなさいね、きつい質問して。加害者にも同情はある。それでも人殺しは絶対にダメ！」

「おっしゃる通りです。二人とも罪を償ってくれると思います。夏のことは残念ですが。」

「ありがとう、灰君。あなたからすべて聞けて良かった。」

俺は夏の家を後にした。その足で会社に向かった。

こんなにも会社に行きたいと思ったことは久しぶりだった。

これまでの情報をまとめて記事にしたかった。被害者と加害者の事を世の中の人に知ってほしかった。色々な感情がこみ上げてきた。理不尽な理由で殺された女性がいる。苦しんでいる人達がいる。一人でも多くの心に残ればいい。それがライターの役目だと思う。世の中で起きている出来事に耳を傾けてほしい。そのためには一人一人の行動で世の中を変えなければいけない。いつかその日がきてほしい。

後日、俺が書いた記事は採用された。雑誌に載ることも決まった。だが、うれしさよりも友を亡くした悲しみの方が勝った。

事件がきっかけで、俺はライターを続けることができた。だが失うものが大き過ぎた。これから殺人事件など悪い記事を書くことが増えると思う。辞めたいと思うこともあると思う。それでも続けていくつもりだ。それが俺が選んだ道だから。

突然、ズボンのポケットの中の携帯が鳴った。圭からだった。

「もしもし灰。今暇か？」

「この後予定はないけど、何かあったのか？」

「また事件が起きたんだ。」

「事件？　なんの？」

「殺人だよ！」

「どこで誰が？」

「俺達の会社の近くの雑居ビルで手島が殺されたようだ。」

「手島強か？　なぜ？」

「察しろよ。逆恨みだよ。この前、灰が話した父親の盗んだ金だよ。体中ずたずたに刺されていたみたいだ。知り合いから聞いたよ。」

「分かった。報告ありがとう。」

まさか！　手島は俺に父親のお金の事を話した。それが記事として公になったから殺されたのかもしれない。

俺から電話を切った。職場を後にした。

俺は、触れてはいけない部分まで記事に書いてしまったようだ。

犯人は誰なのかは分からない。ただ手島の父親に強い恨みがある人物なのはたしかだ。なぜ手島が殺されなければいけなかったのか。

俺は真実を知りたかった。だがその行為が手島を危険な目に遭わせてしまい挙げ句に殺されてしまった。

俺は取り返しのつかないことをしてしまった。

もう後戻りはできない。

ライターとして何が大事なのかもう一度考えないといけない。

記事の内容で他人の人生も変えてしまう。恐ろしい仕事なのだ。改めて実感した。

書く自由はある。だが、他人を傷つける権利は誰にもない。

ライターとは何か？　書いた記事に責任をもたなければいけない。己の過ちを繰り返さないように。強く誓った。俺のライター人生はこれからも続いていく。

逃げるつもりはない。

正義か悪かその答えが出るのはずっと先になると思う。

俺は今日も出口の見えないトンネルを進んでいく。

いつか希望の光が照らされると信じて。

未来（みらい）

「老後二千万円問題」この言葉が数年前にニュースで報道された。国民は未来について不安をもち、大騒ぎした。

俺は、この言葉を初めて知ることになったのは自宅近くのコンビニに立ち寄った時だった。

雑誌には、国民を恐怖で煽るような内容が書いてあった。

（若いうちに貯金をしないと老後人生は破綻する。）

（今すぐに投資して老後に備えろ。）

（独身は危ない！　生活費を見直して計画を立てろ、人生終わる。）

書きたい放題だった。

他人事だからと言って何を書いてもいいわけがない。

国民に不安を煽ればみんなが将来について前向きになるとは、俺は思えない。むしろマイナスに考えて事件を起こしたり精神的に壊れる人々がでてくると俺は心配している。

人はそんな簡単には変われない。

自分でも日々生活する中で考えるが将来は不安だ。

毎日生きることで精一杯だ。

日々苦しんでいる人は、日本に溢れている。

雑誌に書かなくても国民は自分なりに考えていると思う。俺は、一人でつぶやきながら弁当とお酒を買ってコンビニを後にした。

自宅までは徒歩五分程で着き、築三十年のアパートに住んでいる。

一人で歩いていると急に不安がおしよせてきた。

ポケットから財布をだして開けた。

残高二千二百円。

給与日まであと一週間あった。

「ちくしょ！」つい本音が口から出てしまった。

俺の中でこの世で大切なものはお金だった。

お金がないと生きていけない。衣食住どれをとっても金・金・金だった。

俺個人の意見だが、お金はあればあるだけ生き方は広がると思う。

あって困ることはない。

いつかのテレビ番組で、「お金が少なくてもいい生活はできる。」そう言っていた芸能人がいた。

そういう生き方が出来る人間もいる。事実だと思う。それでも国民の少数だと思う。

人生は、人それぞれ生き方、住む場所、生まれた環境が違う。それだけで平等ではない。

そんな人達がお金がなくても生きていけると苦しんでいる人々に言えるのか。理解はできないと思う。

　おかれている状況が違い過ぎる。

　この世の中で一緒の方向を向いて老後の為に貯蓄する事は、叶うはずもない。

「今がすべて」、「今生きられればいい」、「いつ死んでもいい」楽観的に考えている人々はこの日本にごまんといる。

　そんな世の中で将来の計画を立て貯金をし老後を考えている人が何人いるのか？

　俺の回りではそんなまじめな人間は見たことがない。

　そんな息苦しい事を考えているうちに、アパートの前に着いた。

「今日を生きていくことで精一杯だ。」一人でつぶやいた。

　入口のドアを開け部屋に入った。

　部屋正面の置時計を見た。

　時刻は、午後七時を回っていた。

　帰宅したらまずは風呂に入る。

　仕事で汗をかいていた。

　外着を脱ぎ体中汗びっしょりだった。体を洗って湯船に浸かった。

「今日も一日頑張った！」毎日風呂に入るとなぜかつぶやいてしまう。

　今生きていることを実感したいのかもしれない。

毎日二十分は湯船に浸かるようにしている。
理由は特に無い。それでも明日に疲労を残したくなかった。
熱い風呂に入り自らを清めた。
風呂を出て部屋着に着替えた。その後、夕食にすることにした。
今日はコンビニで買ってきた弁当とお酒で済ますことにした。
弁当を一口食べた。
やはり、外の飯はうまい。
それに外で買ってくれば簡単に済む。体が疲れている時は助かっている。
お酒もそうだ。やめられずにいた。
体に悪いことは分かっていた。だが細やかなご褒美だと思って飲み続けていた。
「明日やめる、明日やめる」何度も言っているがやめられる自信はなかった。
体は正直なものだった。
明日もまた飲むだろう。その繰り返しだった。
不意に哀しくなった。
一人の食事は寂しかった。
一ヶ月前に彼女と別れたばかりだった。
理由は、簡単な事で俺にお金が無いことだった。
俺は、自宅近くのパイプ加工工場で働いている。給与は、月十五万程度だ。一般的に少ない部類に入ると思う。

このお金で二人で生活していくことは厳しかった。

自分一人でも将来は不安だった。

彼女が別れ際放った言葉が頭の中から離れない。「お金がもっとあったら考えたけどね。」投げ捨てるようにアパートを出ていった。

返す言葉もなかった。「何様だよ！」心の中では怒っていた。

今現在一人での生活でもギリギリだった。

あのまま二人で生活していたらどうなっていたか考えるだけで気分が暗くなる。

彼女の言いぶんが正しかったことが今になって重くのしかかった。

彼女と別れたことを納得するしかなかった。

俺は、一人の部屋にたえきれずにテレビをつけた。

一人でバラエティ番組を見ることはつらかった。

他人の笑い声が部屋に響き渡ると孤独感がいっそう増すからだった。

リモコンで切り替えてニュース番組に変えた。

ニュース番組は、他人の笑い声はほとんど無かった。ただ人の声が機械的に流れるので気持ちが落ち着いた。

ここ最近、ニュースは暗いものばっかりだった。

殺人事件、詐欺事件、世界情勢、紛争。

良いニュースよりも悪いニュースの割合が多い気がした。暗いニュースを見ていると自分まで気持ちが暗くなる。世界では、今日を生きる為の食料もない人達がいる。そんな世の中で俺は毎日食事が出来ている。

俺は幸福なのかもしれない。

ダメだ！　俺の悪い癖だ。

悪い出来事を想像すると相手に深入りしてしまう。

他人の事を考えても何かできるわけでもない。

他人の心配をしている余裕は俺にはなかった。

そんなことを考えながら夕食を終えた。その後、二時間程テレビを見て寝ることにした。

今を生きることだけ考えた。

今がすべてだ。

自分に言い聞かせた。

明日も仕事があった。頑張れ俺。

自分を励ました。布団に入り眠りについた。

悪い夢を見た。

場所は仕事の帰り道のようだった。

いつもと変わらない平坦な道だった。

だが、突然後ろから足音が聞こえてきた。
少しずつ足音は近づいてきた。
体中に冷や汗をかいていた。
夢なのに恐かった。俺は走りだした。
走ってもまだ後ろから足音は聞こえてきた。
このままだと追いつかれると思った。
俺は、次のかどを左に曲がった。
追ってくる足音が急にやんだ。
振り切ったと思った。だが数秒後、後方から殴られたのか前のめりに倒れた。
俺は直感した。殺されると。
強く願った。
嫌だ、嫌だ、嫌だ死にたくない……
そこで目を覚ました。
「うわ！」びっくりして布団から飛び起きた。
「夢か？」安堵した。
悪い目ざめだった。
布団から出て身支度をした。食欲はなかったが朝食を少しだけとった。
少し早かったが家を出て職場に向かった。

通勤途中に考えた。

昨日の夢はなんだったのか。気味が悪かった。

何か不吉な事が起きる気がした。

職場には、毎回徒歩で向かっていた。

歩いて十分程の所にあり軽い運動になっていた。

正直なところ、お金が無く節約の為に行っていた。

今日は空に雲が一つもなく快晴だった。こんないい天気の日は外に遊びに行きたい気分だった。

だが、そういうわけにもいかなかった。今から仕事が待っていた。

そうこう考えているうちに職場に着いた。これから八時間工場の中で働くので日をみることは朝の通勤途中の時間だけだった。

俺が働いている会社は、水道管など色々な場所で使われるパイプを加工している。

この会社で俺は、高校を卒業してから十年以上働いている。

職場の中では中堅に属している。

嫌いではないが好きでもなかった。

仕事内容は、決められた長さにパイプを機械で切る作業だ。簡単に言うと単純作業だ。

欠勤せず会社に通勤すれば上司から怒られることはなかった。

情熱をもってやるような仕事ではないと心の中では思っていた。それでも俺にお似合いの職場だと思った。コミュニケーション能力もいらない。最高だった。

毎月の給料は十五万程度と、いい金額とは言えない。

俺は、今年で三十三歳になる。同年代は、三十万程は貰っていると思った。

自らが生活していく分には今の給料で十分だと思っていた。だが貯金はほとんどないに等しく将来が不安だった。

毎月支払いをすれば手元にはほとんど残らない。

それに加えて体がいつまでもつか分からなかった。やはり一人で生活することは大変だと改めて思った。

そんな事を考えているうちに始業のチャイムが鳴った。作業開始の時間だった。持ち場に向かった。

長い午前の作業が終わった。トラブルが発生して大変だった。昼食を食べているとアルバイトで入ってきた佐藤が声をかけてきた。

「ちぃ～す。」

「なんだ、その挨拶！」

「先輩は堅いですよ。もっと気楽に。」

「お前が気楽過ぎるんだよ。」

「そうですかね。今が楽しければよくないすか。」

「それには、同感だが。お前アルバイト一本じゃ生活きついだろ。」

「大丈夫です。俺副業してるんで。」

「副業？」

「ダブルワークです。」

「よく体もつな。」

「俺まだ若いですから。」

「そうか。でも体には気を付けろよ。あ！　俺もか。」

チャイムが鳴り昼休みの終わりを告げた。

俺は午後の作業に向かった。

数時間後、今日の仕事が終わり、定時で職場を後にした。

帰宅途中、俺はある場所に立ち寄った。

パチンコ屋だ。

俺が貯金できない原因もここにあった。

明日は、勝てると思いながら来ているがここ最近は下降ぎみだった。

やめようと考えた時期はあった。だがお酒と同じで一度はまってしまうと中々やめられなかった。

座ってうっていれば大当たりがでるんじゃないか、一発逆転できるんじゃないかとそんな妄想だけが広がっていった。だがそううまくはいかなかった。

三十分程玉をうっていると隣の席に男性が座った。

不意に肩をたたかれて驚いた。

顔を横に向けると佐藤が座っていた。

「ちぃ〜す！」

「なんだお前か！　声ぐらい掛けろよ。びっくりするだろ。」

「店内うるさくて。びっくりさせてすいません。」

「お前もパチンコするのか？」

「はい、仕事帰りは毎日。」

「毎日！　お前金持ちなんだな。」

「そんなことないですよ。まぁ人並み以上は持っていると思いますが。」

「自慢すんなよ。腹立つな！」

「池田（いけだ）先輩もパチンコやるんですね。意外です。」

「意外って、これくらいしかやることが見つからないだけだ。」

「彼女はいないんですか？」

嫌な所をつかれたが、俺は素直に答えた。

「最近別れたばっかりだよ。」

「失礼しました。何か理由があったんですか？」

こいつはよくも平気で傷を広げることを言えるなと内心思っていた。

無神経な奴だ。

俺は話を続けた。

「収入が少ないから将来が不安だって言い捨てて出ていったよ。」

「言えてますね。」彼は笑った。

「笑うんじゃねえよ！　こっちは本気だったんだ。俺なりに頑張ってきた。」

「それじゃ一人で寂しいですよね。今度一緒に飲みに行きませんか？」

「お前と二人でか、嫌だよ。」

「違いますよ。俺の友達入れて四人ですよ。」

「俺はいいよ。」断ろうとしたが、彼は食い下がってきた。

「そんなこと言わないでいきましょうよ。次の週末に！」

俺は半ば強引に佐藤達と飲みに行くことになった。

一週間は、あっという間に過ぎ週末になった。約束の日を迎えた。

朝、佐藤は俺の部屋まで迎えに来た。

佐藤は、俺が当日ばっくれると思ったのだろう。

実は、佐藤は俺と同じアパートの二階に住んでいた。

一緒のアパート、職場偶然なのか少し胸騒ぎがした。

「ちぃ〜す！」

佐藤の挨拶は、いつも通りのノリだった。流行っているのか？　不思議に思った。

「本当に来たのか！」

「当たり前じゃないですか！　約束したんですから。さあ、行きましょ。」

「そうだな、行くか。」

「飲み屋は、職場の近くにあります。」

「休日まで職場の近くまで行くのかよ！　勘弁してくれよ！」

「そんなこと言わずに、もう他の二人は先についているので早く行きましょう。」

俺達はアパートを出て約束の飲み屋に向かった。

今日は外が良く晴れており気持ちがうわむきだった。

いつもなら休日はパチンコ屋に通っていた。

いつもと違う休日を過ごしていることにうれしくなった。

十分程歩くと佐藤が予約していた店の前に着いた。

給料日前ということもあり節約したかった。だが今日は羽を伸ばすことにした。

佐藤が言うには、他の二人は先に中にいるようだ。

会う前なのにすごく緊張した。

部屋は個室が用意されているようだった。

暖簾をくぐり店員に案内され部屋に向かった。

部屋の前に着くと笑い声が聞こえた。

扉を開けて中に入ると男女が座っていた。

男性には見覚えはなかった。だが女性の顔を見て記憶が巻き戻された気がした。

元恋人だった。舞(まい)！

なんで彼女がここに？

佐藤のイタズラか？

俺は、たえきれずに口を開いた。

「なんで舞がここにいるんだよ！」

「何よ。それはこっちのセリフよ！　佐藤なんで正夫(まさお)を呼んだのよ。いい雰囲気だったのに！」

「まあ、今日は池田先輩に話がありまして来てもらいました。」

「話？　まさか正夫も入れるつもり？」

「はい！　池田先輩も暇でお金に困っていると言っていたので。」

「暇？　俺は暇じゃねえよ！　今日は本当はパチンコ屋に行く予定だったんだ。」

「正夫まだパチンコやめてなかったの。だからお金がすぐに無くなるのよ。」

「お前には関係ないだろ！」

つい俺は語気を強めてしまった。

すると彼女は悲しげな表情で話を続けた。

「正夫、あなたは何も変わってない。だから私はあなたと別れたの。」

不意に佐藤が会話を遮った。

「喧嘩はやめましょ。舞さん、池田先輩。」

それでも彼女の怒りはおさまらなかった。

「もとはといえばあなたが正夫を連れてこなければこうはならなかった。佐藤もういいわ、正夫を入れるのはなしよ！」

「お願いします舞さん。池田先輩もお金が必要だと思います。俺達と同じなんです。」

俺はたえきれず話に割り込んだ。

「さっきからなんの話をしているんだ！」

「正夫には関係ないわよ！」

「あ〜、そうかよ。俺は帰る。」

「待ってください先輩。話だけでも聞いてください。」

俺はあやしい気がしたが、決めるのは聞いたあとでもいいと考えた。

佐藤は話し出した。

佐藤の話しによると、俺達の住んでいる地域の決められた家に行き封筒を受け取る仕事らしい。

家のポストにチラシを入れる仕事は聞いたことがあった。逆の受け取る仕事は聞いたことがなかった。

日勤で二万程貰えるようだった。どうみても怪しかった。一日で二万はうま過ぎる。嫌な予感しかしない。

悩んだ末渋々やることに決めた。ヤバイと思ったらすぐにやめればいいと考えた。

分からないことがあれば佐藤に後で聞くことにした。

忘れていたが、その部屋にはもう一人男性がいた。多くを語らず口数も少なかった。サラリーマンで名前は高橋力（たかはしりき）と名乗っていた。

二時間程四人で飲んでおしゃべりしてその日はお開きになった。

一人で飲むよりも意外とみんなで飲むほうが居心地が良かった。久しぶりに気持ちが高ぶった。

俺は友がほしかったんだ。一人が寂しかったんだ。

また行きたいと思った。

二人と店の前で別れた。その後、佐藤と一緒にアパートまで帰った。

俺は、気になったので帰路の途中に高橋さんについて聞いた。

「高橋さんってどんな人だ？」

「え、知らないんですか？　舞さんの彼氏ですよ。」

「はあ！　彼氏！」

「そうすよ。力さん社長さんでちょうお金持ちらしいすよ。」

「金持ちかよ。舞が好きそうなタイプだな。」

「池田先輩も負けないように頑張ってくださいよ。」

「うるせえよ！　もう舞とは別れたんだ。未練はない。じゃあな。」

「そうですか。」なぜか彼の表情は悲しげだった。

佐藤と別れて部屋に向かった。

ドアを開けて部屋に入ると体が急に重く感じた。

久しぶりにはしゃいだこともあり疲れた。

体が緊張していたらしい。

まさか舞と会うとは思わなかった。

彼氏がいるとはな。なんか先を越されたようでくやしかった。

正直言うと、俺は彼女と別れてから心にぽっかりと穴が開いていた。舞を忘れることができないでいた。

今日舞と会えたことは正直うれしかった。

同居していた時は、毎日会っていたこともありうれしいと言う気持ちが湧くことがなかった。

人は誰かと離れた時初めて相手の事について真剣に考えるようになる。思いしらされた気がした。

一人で思いにふけていると、眠けに襲われた。布団に横になり、目を閉じた。

再び夢を見た。

見知らぬオフィスの一室に俺は立っていた。

数人がイスに座っていた。前方にいる一人の男性が皆を見ていた。

男性は、イスに座っている男女に何かをしゃべっていた。内容は分からなかったが、皆が真剣に聞いていた。

話が終わると皆が、男性に近寄った。すると男性に封筒を渡した。

俺は、何か危ないセミナーではないかと思った。俺は恐くなり退席しようとした。だが
ドアの近くに立っていた男性にいきなり殴られた。男性は俺に何かしゃべっていたが聞き
取れなかった。

恐怖だった。

俺が叫ぼうとした時、目が覚めた。

嫌な夢だった。

この頃立て続けに不吉な夢をみていた。

何か嫌な事が起きそうな気がした。

悪い事が起きないように心の中で願った。

起床するには、早かったがもう眠れる気がしなかった。俺は布団から出た。

身支度をしてゆっくり朝食を取ることにした。

テレビをつけ、ニュースを見る為チャンネルを変えた。

今日も昨日と同じく悪いニュースばかり報じていた。朝から気持ちが落ち込んだ。

俺は、不意に不安に襲われた。

一人で考えた。

お金は使う為にある。老後の為に国民が貯金する方向に進めば経済は落ち込むと思った。

人の器も小さくなる。

人は、一人では生きていけない。

お金を手に入れる為には仕事をしなければいけない。

一人で仕事を行う事は不可能に近い。

会社に入って働くことは大変だ。ある程度コミュニケーション能力も必要になる。

自営業の人でもそうだ。会社を立ち上げるにも他人の協力、資金が必要だ。

お金を生み出すにはお金を使わなければならない。

経済を良くするには貯金をするよりも外に出てお金を使ったほうが良く国も発展する。

世の中で老後の為にお金を貯金していたら日本は衰退していくと思う。

今生きることで精一杯な人もいると思う。理解することは難しいと思う。だがそんな人達も将来のことを考えていかなければいけない。日々のストレスで身体・精神面を擦り減らしていると思う。大それたことは言えないが、ただ生きてほしい。今を生きてほしい。

日本ではお金を多く持っている人が生きやすい仕組みが出来ている。だが、そんな世の中でも一日ずつ頑張って生きることもありだと俺は思う。

一人でまじめな話をして思いにふけていると、ニュースの話題が変わった。急に怒りがこみ上げてきた。

来月から日用品の値上げが始まるようだ。

「勘弁してくれよ！」つい叫んでしまった。我慢出来なかった。

現在の生活でもギリギリだった。これ以上切り詰めることは死活問題だった。パチンコはやめないといけない。気分は落ちるばかりだった。

俺の束の間の楽しみが無くなってしまう。一人部屋で悲しくなった。

政府は、どれだけ国民を苦しめるのか。怒りしかなかった。

税金など取るものだけとり、それにくわえて老後二千万円かかると発言した。国民をどこまで失望させるのか。未来に不安しかない。

こんな世の中でも救いの手を差し伸べてくれる人はいなかった。

国民は下へ下へと落ちていくだけだ。上がりたくても這い上がれない。一度落ちてしまえば簡単には抜け出せない。それが日本の現状だと思う。

今の現役世代が年を取り何人がまともに生活を送る事が出来るのか。想像しただけでも恐ろしかった。

日本の未来は大丈夫なのか？　安全なのか？

将来への不安を抱えながら朝のひと時を過ごした。

アパートを後にし職場に向かった。

朝から頭が痛かった。

昨日は、張り切り過ぎて飲み過ぎた。

通勤途中に佐藤に電話をかけた。

昨日の副業についてもう少し聞きたいことがあった。だが、佐藤は電話にはでなかった。

会社にいけば会えると思った。二度目はやめておいた。

だが、佐藤の姿は会社になかった。

佐藤が仕事を休むことは珍しかった。

入社してから毎日俺よりも早く来ていた。仕事の覚えも良くなによりこの職場を愛していた。

同僚に聞くと風邪で欠勤するようだった。

昨日は、体調は良さそうだった。何かあったのか心配になった。

体調不良なら家で寝ているはずだ。なのに彼は電話に出なかった。病院に行っている可能性もあるが考えずにはいられなかった。

何かトラブルに巻き込まれたのか？

悩んだところで何も解決しなかった。

昼休みにもう一度電話をしようと思った。俺は、午前の作業に向かった。

昼休みになると、携帯を開いた。だが佐藤から折り返しの電話は来ていなかった。

俺は、不安を募らせた。居ても立ってもいられずに俺は、上司に早退することを伝えてアパートに走って向かった。

アパートに着き、佐藤の部屋に息もつかずに向かい、入口のドアを開けた。だが、部屋の中に佐藤の姿はなかった。

最初は、病院に行っているのかと思った。だが財布は机の上に置いてあった。

部屋を後にして大家さんの所に向かった。佐藤のことを聞いた。すると今日の朝部屋を出ていったと聞かされた。

荷物は、大家さんが処分するようだった。

俺は、考えた。突然出ていった？　何か嫌な予感がした。

やはり事件に巻き込まれたのかもしれない。

心配でしかたなかった。

急にイライラしてきた。俺は、パチンコ屋に行くことにした。

佐藤の事は忘れようと思った。あいつとは仲がいいわけでもなかった。ただ家が近かっただけだった。俺は自らを納得させた。

二時間程玉を打ち帰りにコンビニで弁当とお酒を買いアパートに帰った。

アパートの前に着くとなぜか俺の部屋の明かりがついていた。

まさか。嫌な予感がした。勢いよくドアを開けて部屋の中に入った。

すると中には佐藤がいた。

なぜか舞も一緒に座っていた。

俺は、意味が分からずに彼らを怒鳴った。

「お前ら、俺の部屋で何やってるんだ！」

「池田先輩ちぃ～す！」

「ちぃ～すじゃねえよ。なんだよ部屋中散らかして。」

「飲み会ですよ。」

俺は嘘だとすぐに分かった。話を続けた。

「事情を聞かせろ、なんで俺の部屋にいる。」

「すいません、俺達追われているんです。」

「追われている？　誰に？」

「あいつですよ、高橋力！」

俺は意味が分からず彼に質問した。

「何かやらかしたのか？」

「実は受け取りの仕事を失敗して。」

「なんで失敗しただけで追われるんだよ！」

「封筒の中身、実はお金だったんです。」

「お金！　まさか他人から騙し取っていたのか？」

「そうなんです。最近気づいて中身を見たらお金が入っていて、やばいとは思いましたが。」

自信はなかったが薄々気づいていた。やはり詐欺だったか。

俺もあと少しで犯罪に巻き込まれるところだった。内心ホッとしていた。

俺は佐藤を問いただした。

「やべえだろ！　これ警察沙汰じゃねえかよ。」

「俺達、高橋に殺されるかもしれません。」

「殺される？　高橋ってそんなにヤバイ奴なのか？」

「普通に他人からお金を騙しとっている奴がまともな人間のわけがないですよ。」

「まずいじゃねえかよ！　どうするんだよ。ここもいつかばれるだろ。」

「池田先輩助けてくださいよ。」

「俺を巻き込むなよ。」

なんで俺までこんな目に遭わないといけないのか。最悪な日だ。

ちくしょう。怒りがこみ上げてきた。

その時、舞が口を開いた。

「私に良い考えがあるの。」

「なんだよ、良い考えて。」

「高橋をこっちの予定した場所におびき寄せるのよ。」

「そんな簡単に来てくれるのか？　相手は詐欺師だぞ。」

「出来るか、出来ないかじゃない。やらないといけないの。命がかかっているのよ。」

俺も半ば強引に協力することになった。だが、悪い気はしなかった。

また舞と会うことができたことが大きかった。

俺は、腹をくくることにした。

今日は、俺の部屋で三人で寝ることになった。

夕食を終えて舞が声をかけてきた。

「正夫ごめんね。変なことに巻き込んで。」

「いいよ、舞もまた悪い彼氏をもったな。」

「私くじ運悪いから。」

「くじ運？　舞は彼氏をそんな簡単に決めているのか？　もっと慎重に決めろよ。」

「私ね、本当は正夫の事嫌いじゃなかったの。ただお金の不安があって二人とも将来お金の事で喧嘩する事が嫌だったの。だから私から離れたの。」

「俺も、今なら分かるよ。あのまま二人で過ごしていたら俺は舞を悲しませていたと思う。」

「そうだね。男女って友達ぐらいがちょうどいいんだよ。距離が近過ぎるとかえってストレスがたまって嫌になるのよ。」

「ありがとう舞。それだけ聞けてうれしかった。」

「こちらこそ。これからは友達として。」

舞とは仲直りができた。

あとは、高橋から二人を救うだけだ。また二人と飲みに行きたかった。

三人で布団に入って寝ようとした時、入口のインターホンが鳴った。

「誰だ？」こんな時間に部屋に来る人物に見当がつかなかった。

一瞬大家さんかと思った。だがすぐに違うと分かった。

ドア越しに声をかけてみると、聞き覚えのある男性の声が返ってきた。

俺は確信した。高橋だと。

もうバレたのか？

早かった。逃げるにも出口は入口の一ヶ所しかなかった。反対側の窓は、外が木で生い茂っておりとても裏道に出ることはできなかった。

突然入口から、怒号が聞こえてきた。

「佐藤、舞出てこい！　居るのは分かっている！」

やはりバレていた。

俺は、どうすることもできずに潔くドアを開けた。

やはり外には高橋が立っていた。

「何だよ。この前の池田とかいう奴の部屋だったのか。その節はどうも。」

「どのようなご用件ですか？」

「こっちは分かっているんだよ！　さっさと出せ！　二人を。」

「そんな二人はこの部屋にはいない。」

「痛い目に遭いたくなかったら正直に出せ！」

「いない！」

「そんなに痛い目に遭いたいか！　ここに二人がいることは調査済みだ。」

ここまでか。その時舞が部屋の奥から出てきた。

「なんで出てきた！　中に入っていろ！」

「正夫もういいの、あなたは生きて。」

「やっぱりいたか。逃げやがってただじゃ済まさねえぞ。部屋から出ろ！　二人とも車に乗れ！」

「分かっているわ。乗るわよ。だけど正夫には、手を出さないで！　お願い。」

「分かった。約束しよう。池田さんよかったな。けがしないで済んで。それじゃ失礼するよ。」

俺は、たえきれずに叫んだ。

「舞！」

舞は車に乗る際にこちらに顔を向けて口を開いた。

「ありがとう、正夫。もう私の事は忘れて。」

舞と佐藤は、高橋の車に乗りアパートから離れていった。すぐに姿が見えなくなった。

俺は、舞を救うことができなかった。

情けなかった。

舞一人も救うことができない。俺は殴られて危険な目に遭うことが恐かったんだ。

やはり、恐怖に襲われると人間は、自分のことで頭がいっぱいになるのだ。

それでも、舞は部屋を出る前に俺に一つの住所を囁いた。

俺は、その場所を知らなかった。だが携帯で調べればすぐに分かると思った。

俺は、高橋のアジトだと思った。
舞は、最後に俺にSOSを出したのだ。
俺にチャンスをくれたのだ。
ここで行かなければ男じゃないと思った。
俺は、遅い時間だったが自転車で調べた住所に向かった。
舞にはまだ死んでほしくなかった。
また舞と会いたかった。
俺は強くペダルをこいだ。
目的地には、十分程で着いた。
古い雑居ビルのようだった。
俺は、ここに来る前に高橋のことを調べた。
高橋が社長をしている会社は実在しなかった。
嘘だった。やはりあいつは、他人からお金を騙しとるような詐欺師だった。
許せなかった。
他人が大切に貯めたお金を一瞬で奪ってしまうなんて卑劣な行為だ。
だが、奴らは危険だ。
なにを企んでいるのか分からない。
一人で助けにいったら襲ってくるかもしれない。

相手もバカではない。れっきとした大人だ。

なにか策を考えないと二人を助けることはできない気がした。

どうにかして警察を呼ぶことは出来ないか。

俺は、数分悩んだが良策が思い浮かばなかった。覚悟を決めて一か八か賭けることにした。

用意する物があった。俺は、準備をする為に一度ビルを後にした。

二人の安否が心配だった。

三十分後、準備が整った。俺は、ビルの階段を上った。
一、二階には人影はなかった。三階に上ったところで一つの部屋から明かりが漏れていた。
部屋に近づくと五人の人影が見えた。

二人は高橋の仲間に見えた。

佐藤と舞は、生きていた。だが、顔中あざだらけだった。何度も殴られたようだった。

「ひでえことをしやがる。」怒りがこみ上げてきた。

早くしないと二人の命が危なかった。

奴らは、証拠を消す為に二人を殺すつもりだ。

そうはさせない。二人の命は、俺が守る。命をかけても。

俺は、気付かれないように部屋に入った。用意してあった消火器で部屋中を白い霧で覆った。もう容量は少なかったが二本目を用意していた。運が良ければ通りを歩いている人々が見て火事と勘違いしてくれる。人が集まれば奴らも悪さは出来ない。

もう少しだ。二本目に手をかけようとした。その時、部屋に怒号が響いた。

「そこまでだ！」

「クソ！」やはり甘かった。夜ということもあり通行人に気付いてもらうことは難しかった。

「不意をつかれた。惜しかったな。いい作戦だったよ。」

「危なかったですね、兄貴。ここが誰かに見つかったらサツが来るところでした。俺らの秘密がバレるところでしたよ。」

「そうだな、危なかった。二人の始末が終わったら場所を変えねえとな。」

「舞、大丈夫か！」俺は叫んだ。

「こっちは大丈夫、正夫は早く逃げて！」

「うるせえぞ、舞！　静かにしろ。」

舞は、腫れた顔をまた叩かれていた。

見ていられなかった。

舞を傷つけやがって。これ以上躊躇していられなかった。

もうあの方法しかないと思った。俺は腹をくくった。

まだ舞は叫んでいた。

「やめて力！　正夫だけは助けてお願い！」

「泣かせるじゃねえか、舞。だがダメだ。こいつは俺達の秘密を知ってしまった。生かしておくわけにはいかねえ。」

やはりやるしかない。

俺は三階に来る前に一階、二階のゴミや置物に油をかけておいた。

俺のズボンのポケットにはライターが入っていた。火をつけて投げれば下の階は火の海になる。そうなれば助かる道は外に応援を呼ぶしかなくなる。

俺は、入口近くに立っていた。ただではすまない。だが、俺がやらなければ二人の命が危なかった。深呼吸してポケットからライターを出した。火をつけて迷うことなく投げた。

数秒もたたずに、勢いよく火は広がり煙は三階まですぐに到達した。煙は、ビル中を覆った。数分後、消防車が来て俺らは助かった。

逃げる際に何冊か書類を持ち出した。それを警察に提出した。それにより高橋達の詐欺の事実は明るみに出た。数日後彼らは逮捕された。

俺も、ビルの放火の罪で逮捕されることになった。だが、初犯ということもあり刑は軽く済んだ。すぐに元の生活に戻れると思った。だが、逮捕されたことで会社を辞めることになった。

一度罪を犯すと社会復帰は難しかった。

日々色々な方に助けてもらって生活していた。

今さら他人のありがたみをしみじみと感じていた。

事件以来二人とは週に一、二回程飲みにいき交流は続いていた。

佐藤は、今もパイプ加工の会社で頑張っていた。

もう副業はこりごりだと今の会社で正社員をめざして頑張っている。毎回会うと近況報告をしてくれる。

住まいは、なぜかまた前のアパートに戻ってきた。色々な所を回ったがここがいいみたいだった。思い出があるのだと本人は話していた。

舞は、現在ライターをやっている。

彼女は、詐欺の仕事だと知らずに手伝って騙された。その体験を生かして世の中で苦しんでいる人や被害にあっている人を助けたい。自ら足を運んで何か出来ないかと思い始めたようだった。

休みの日は、俺の部屋まで来てくれて色々な人から聞いた話を舞なりにまとめて語ってくれる。

一人でも他人の考えに耳を傾けることはすばらしい事だと思った。毎回聞いている時に改めて舞の人のよさを感じた。

俺の人生は、二人と再会する前よりもいい環境とは言えなかった。

職を探すにも罪を犯したことで相手から拒否された。住む家も中々見つからなかった。

将来も不安だった。

俺は、現在も彼女はいない独身だった。

他人がよってくることもなかった。

一度落ちれば上がるのは容易ではなかった。

二人を助けたことは本心から良かったと思う。だが、それと引き換えに失う代償が大き過ぎた。

今日の早朝のニュースでもこれからも物価高は続くとコメンテーターが話していた。

俺は、また頭の中で悪い想像をしてしまう。

貯金は無かった。仕事の給与も月十五万程と何も前と変わっていなかった。

俺は犯罪者だ。お金が無くなれば何をしでかすか分からない。

不意に高橋の事を思った。

捕まったことで高橋が前科があった事を知った。

高橋は、前科という呪いから逃れられずにいたんだと思う。

刑務所を出ても仕事が長続きせずに辞めてしまう。何度か繰り返してそのうちに表の世界では、生きられなくなったんだと思う。己を表現できないと思い裏の世界に足を踏み入れたと俺は思った。

高橋の他人を虜にする話術を詐欺ではなく表舞台で生かしてほしかった。

残念だった。

人間とは、脆いものだ。

すぐに楽なほうに行きたがる。

楽に稼いでいい生活をしたい。

だが、世界で裕福で恵まれた人間が何人いるのか。

俺がそっち側に行くことは一生ないだろう。

夢のような話だ。淡い期待だ。自ら想像出来ない事を実現させることは難しい。

チャンスは、待っている人のところにはこない。自ら行動しないと摑みようがない。

日頃から準備していることでおまけとしてチャンスは訪れると思う。

一人で考えているとなぜか己がちっぽけに見えてきた。悩んでばっかりで前に進まない。

結局俺は、自ら不安な事を想像してストレスをためていた。他人から「かわいそうだね」、「つらかったね」って言ってほしかったんだと思う。

寂しかったんだ。一人が。日々の生活の中で自らの存在意義を見い出すことが出来なかった。俺は弱い人間だった。

もうやめたい。弱い俺を。変わりたい。

少し疲れたので昼寝をすることにした。

色々な事を考えて休憩したかった。

布団に入ろうとした。

不意に机の上の携帯が鳴った。

携帯を開くと、佐藤からのメールだった。

メールには、「今から飲み行きませんか？　舞さんも来ます。」
俺は、思わずガッツポーズした。
舞と会えるだけで俺は幸せだった。
俺の近くには、ちゃんと幸せがあった。
小さな幸せかもしれない。それでも積み重なれば大きな幸せになる。
将来には不安が残る。
それでも今を楽しみたい。
その中でもう一度未来について向き合いたい。
日々の積み重ねが将来に希望の光を照らしてくれると思う。
俺は、力強く入口のドアを開けた。
最初の一歩を踏み出すのは恐い。それでも進みたいと思う。
俺は一人じゃない。支えてくれる友がいる。
それで十分だと思う。
俺は、二人のもとに歩みを進めた。
我々の未来に乾杯する為に。

偽り（いつわり）

「嘘つきは泥棒の始まり」

私は、この言葉が大人になった今でも頭の中から離れないでいた。

私が、この言葉を初めて聞いたのは母方の祖母の家に訪れた時でした。

これから話す内容は、私が小学生時代まで遡る。

小学生の頃私は、N県の海沿いの一軒家に父・母・私の三人家族で住んでいた。

父は、学校の教師をしていた。町では有名な先生だと母から聞かされていた。

母は、海沿いの食堂で毎日朝早くから夕方までアルバイトをしていた。近所では明るくて元気な母親だと評判だった。

私達が祖母の家に行くことになった経緯は遅い入学祝いで私に新しいランドセルをプレゼントしてもらえることになったからだった。

祖母は、同じN県に住んでいた。車で二十分程走らせた山間の集落に住んでいた。

父母は、仕事が忙しく祖母と会うのは久しぶりだった。祖母と時間を共有できる事を楽しみにしていた。

祖母に会いに行く当日は、父の車で祖母の家まで行くことになった。

父は、仕事の日は毎日車に乗っていた。そのため車の運転には慣れていた。だが、私達が祖母の家に行く時期は三月ということもあり旅行や帰省の車で道が渋滞していた。

私達は足止めを食らった。

数分が過ぎた。だが、車が進む気配はなかった。少しずつ父は苛立ちを募らせていった。

父は、一人で何か怒りながらつぶやいていた。父の声は、私達に聞こえていた。車内の空気は最悪だった。

刻刻と時間は過ぎた。父は母に遅れる事を連絡するように頼んだ。だが、母は電話をしようとしなかった。

父は、痺れを切らした。母から携帯を奪い電話をしようとした。だが、母は携帯をとられないように抵抗した。二人は、揉み合いになった。

「何をするんだ！」父は母を怒鳴りつけた。

母は、「電話はダメ！　電話はダメ！」と父に泣きついていた。

それ以上父は母を怒鳴りつけることはなかった。

なぜ母がそこまで祖母に電話をすることを嫌がったのか分からなかった。

どう考えても祖母に連絡した方が心配をかけずにすむと私は思った。

祖母の家に着いたのは予定していた時刻に遅れて一時間以上かかった。

祖母の家のインターホンを押した。だが祖母は不在だった。

祖母は携帯を持っていた。父は、祖母に電話をかけた。だが、祖母は電話に出なかった。

家の鍵はかかっていた。中に入ることはできなかった私達は、家の敷地に車を置いて近所のかたに挨拶をしに向かった。

祖母の隣の家の吉田(よしだ)さんは昔から祖母と仲が良かった。母も子供の頃はお世話になったようだった。玄関のインターホンを押した。するとドアが開き一人の老人が中からでてきた。

「どちらさまですか?」

「いつも母がお世話になっています。」

「えみちゃん?」母の名前だ。

「はい。」

「久しぶりだね、帰ってきたのかい?」

「はい、仕事の休みがとれたので夫・娘と母の家に遊びに来ました。」

「それは良かった。キキさんも喜ぶよ。」キキさんは、祖母の名前だ。

「すいませんが、母はどこに行ったか知りませんか?」

「たぶん買い物に行ったんじゃないかな。もう少ししたら帰ってくると思(おも)うよ。家の中で待ってなよ、一人で寂しかったのよ。」

「すいません、お言葉に甘えて失礼します。」

吉田さんの家で祖母が帰ってくるまで過ごさせてもらった。夕方、吉田さんの家を後にした。再び祖母の家に向かった。玄関のインターホンを押すと祖母は勢いよくドアを開けて外に出てきた。

「母さん、久しぶり。」母はぎこちなく挨拶をした。

「遅い！　電話もしないで何をしていたの！　約束の時間を過ぎてもこないからスーパーに買い物に行っちゃったわよ！」

「母さんごめん、道が混んでいて遅れてしまったの。」

「遅れるなら電話の一本でもしなさいよ。常識でしょ。」

「電話はしたのよ。でも母さんがでなかったのよ。」

「嘘よ！」「嘘じゃないわ、本当よ。」

「あなたは、昔から何かあれば他人のせいにして言い訳ばっかりしていつまで子供みたいなことをしているの。しっかりしなさい！」

それ以上母は反論しなかった。

それでも祖母の怒りは収まらなかった。

「返事は！」

「はい。急に大声ださないでよ。」

会ってそうそう二人の仲は最悪だった。

私は不意に思った。

家の中で私がおもちゃをちらかすと怒ったり、父の帰りが遅いと叱ったことは目にしていた。だが、母が他人から怒られているところを見ると何か不思議な気持ちになった。

「分かったならいいわ、疲れたでしょ。中に入りなさい。」

「お邪魔します。」私達は家の中に上がった。

家に入って仏壇に線香をあげた。その後、居間に向かった。

祖母の夫は車の事故で亡くなったと母から聞いていた。

居間に行くと祖母は私達にお茶を用意してくれていた。

「ありがとうございます。」私達は一言お礼を言った。

私達が用意されていた座布団に座ると祖母は話出した。

「あなた達、この頃顔を出さないけど元気にやっているの？」

父が口を開いた。

「はい、おかげ様で毎日元気にやっています。」

「それならいいけど早紀(さき)ちゃんも小学校に入学したばっかりだから大変でしょ？」

「はい、これから大変になっていくと思いますが、家族で力を合わせて頑張っていきます。」

会話は続いた。

「由基(よしき)さんは、教師でご立派だけど私の娘のえみは大丈夫なの？」由基さんとは父のことだ。

「毎日仕事と家事で大変なのに頑張ってくれています。」

「でも、えみは昔から嘘つきだからね。」

「お母さんやめてよ！」

「本当の事じゃない。」

「昔の事はいいでしょ。」

「なにがいいのよ、あなたは私に嘘ばっかりついて私を困らせていたじゃない。」

「そうじゃないの、私は母さんにかまってもらいたかったのよ。だから嘘をついていたのよ。」

「だからって嘘をついていい理由にはならないでしょ。嘘つきは泥棒の始まりなのよ。」

「昔から母さんの口癖だったよね。」

「早紀ちゃんは、こんな大人になっちゃいけないよ。嘘は悪いことよ。」

「……」

「返事！」

「はい。」

「母さん大声を出さないでよ！　早紀が可哀想でしょ。」

「ごめんね、おばあちゃんが悪かったよ。」

その後も母と祖母の口論は続いた。私は、退屈して外に一人で散歩に出た。

祖母から教えてもらった近くの公園に向かった。

公園に着くと私と同じ位の歳の男の子が一人で砂遊びをしていた。

私は、勇気をだして男の子に声をかけた。

「一人？」

「うん。」

「何やっているの？」

「見れば分かるでしょ、砂遊びしているの。」

「一緒に遊んでもいい？」

「いいよ、名前は？」

「早紀、小学二年生。」

「へー、どこ小？」

「海新小（かいしんしょう）だよ。」

「聞いた事ない小学校だね。どこにあるの？」

「ここから南に行った海の近くの小学校だよ。」

「そうなんだ。俺は総（そう）。小学四年生。よろしく。」

「よろしく総君。でも私、祖母の家に遊びに来ただけなの。明日には帰るの。」

「そうなんだ。じゃあ、家の電話番号教えてよ。また話そうよ。」

「うん。」

その後、遊具で遊んで時間は過ぎた。日が落ちた頃、総と別れた。公園を後にして祖母の家に帰った。

　家に帰ると祖母と母が夕食の支度をしていた。

「早紀、手を洗ってきなさい。」

「はい！」

「早紀ちゃんは元気が良くて素直でいい子だね。由基さんに似たのかね。」

「早紀は、私に似たのよ。」

「そんなわけないでしょ！　あなたは私の言うことも聞かないで嘘ばっかりついていたでしょ。」

「だから、さっきも言ったけど母さんにかまってほしかったのよ。私は。」

「あなたは、そんなことをしないとかまってもらえないと思っていたのね。」

「そういうわけじゃないけど、子供の頃はそうするしかなかったのよ。」

「でも、あなたは大人になった今でも嘘をついてなんにも変わってないじゃない。」

「時には、嘘をつかないといけないこともあるのよ。」

「あなたが嘘をついていると早紀ちゃんにも移って嘘つきに育っちゃうじゃない。」

「移るわけないでしょ。嘘には、良い嘘と悪い嘘があるのよ。」

「そんなわけないわ！　ならなんで夫は死ななければならなかったのよ！」

「やめてよ、昔の話は。終わった事でしょ。」

「終わるわけないじゃない！　私は、あなたを一生許さないわよ。あなたの嘘で夫は死んだのよ。」

「ばあば、ママご飯まだ？」私は、二人の会話を遮った。

内容は分からなかったが祖母が怒っている事は分かった。

祖父が亡くなった理由は私が大人になってから母から聞いた。

母がまだ子供だった頃スーパーの買い物の帰り道のことだった。前の信号は赤だった。だが、母は祖父に青と嘘をついた。そのまま祖父は横断してしまった。そこを通ったトラックにひかれて亡くなった。そう私は聞かされた。

普通に考えたら青と赤を見間違えることはない。だが、祖父は母とおしゃべりをしていた。それもあり前方不注意で戻ってくることはなかった。

その時、母が嘘をつかなければ祖父は死なずにすんだ。過去の出来事を祖母は忘れられずにいるのだ。

夕食を終えて風呂に入った。その後、居間で父と二人でテレビを見ながら話をした。

「パパ、夕食前ばあばとママが喧嘩していたけど大丈夫？」

父は私の頭をやさしく撫でて答えた。

「早紀はやさしいな。祖母の家に来ると毎回喧嘩しているよ。いつものことだよ。心配しなくても大丈夫だよ。」

「そうなんだ。パパ、嘘って何？」

「嘘？　早紀は難しい言葉を知ってるな。」

「違うよ！　ママとばあばが言ってたの。」

「まだ早紀には早いかな。もう少し大きくなったら分かるよ。」

父は、それ以上口を開くことはなかった。

次の日、二人は喧嘩をすることなく安心した。近くの神社で四人で御参りをした。その後、祖母の家で昼食を食べた。帰りにランドセルをプレゼントしてもらった。夕方には祖母の家を後にした。

帰りは行きのような渋滞はなかった。二十分程で自宅に着いた。

「嘘」とは、何か？　私には分からなかった。

その後私の生活は嘘が原因で色々な災難に見舞われる。

月日は過ぎて私が小学四年生の頃の記憶だ。

私が通っていた小学校は一クラス三十人程度で一～六年まで一クラスずつと少人数の学校だった。

一～三年生の頃は、人見知りの生徒が多かったのか教室内でおしゃべりをしている子供は少なかった。

私は、四年生に上がってもこれまで通り仲の良かったみくちゃん・ゆりちゃんと学校生活をともにしていた。

二人は、私が入学当初一人でいたところを仲間に誘ってくれた。私は長い付き合いになると思っていた。

だが、私達の友情は呆気なく壊れた。二人は、私のことをポイント稼ぎとしか思っていなかった。

学校に通えば色々な子供がいる事は分かっていた。それでも簡単に裏切られるとは思ってもみなかった。

先生の前、クラスの中では良い顔をして仲間の輪に入れてくれた。だが、一度学校の外に出れば仲間外れにされた。私は一人で下校していた。

結局は、彼女達は私に嘘をついて偽りの仲間を演じていただけだった。

私は、蚊帳の外に放り出された。

それから学年が上がるにつれて少しずつ状況はエスカレートしていった。最終的にはクラスメイトから声をかけてもらえなくなった。クラスで孤立した。

先生・家族に話すことも出来ずに気付けば一人になっていた。

「早紀ちゃん一緒に遊ぼう。」「早紀ちゃんお友達になろう。」あの言葉は何だったのか？今なら分かる。どうしようもなかった。自らに言い聞かせた。

彼女達が、嘘をついているなんて思わなかった。他人を信じる事が恐くなった。

彼女達は、なぜ平気で嘘をつくのか？　私には嘘をつくのに自らが嘘をつかれると「嘘つきは泥棒の始まりだよ」と怒ってきた。理不尽だった。

自らが、嘘をついた時だけは肯定した。

なぜ、自らが正義で他人は悪なのか。嫌になった。

それでも私は耐えた。

月日が過ぎ小学校生活が終わりに近づいていた。以前としてクラスでは孤立していた。

私は、学校に通うことがつらかった。それでも、私は開き直る事にした。

逆に、一人になれば自分だけの時間が増えると私はポジティブに考える事にした。

他人に嘘をつくことはすべて悪いとは思わない。

世の中には嘘が溢れている。

嘘は、みんなが得する事はない。

嘘をつけば誰かが傷つき悲しむ。他人のことを考えてから発言してほしい。

私は、卒業文集で先生にある提案をした。クラスメイトに質問をしたいと頼んだ。すぐにOKをもらった。

私は六つクラスメイトに問うた。

①このクラスは好きですか？

②先生のことは好きですか？

③日本は好きですか？

④嘘はいいと思いますか？

⑤いじめはいいと思いますか？

⑥勉強をしなくてもいいと思いますか？

①②③は、過半数の生徒が肯定した。
理由は、簡単だった。

否定すればみんなから変な目で見られて敵を増やすことになるからだ。

逆に、④⑤⑥は否定した。
⑤のように自らの印象を悪くしてことを荒だてる生徒はいない。
みんな、自分が好きなのだ。

自分の都合のいいように嘘をついて相手から嫌われないように自らを守っていた。

私に、嘘をついていた二人も嘘はよくないと解答していた。

嘘は、自らがいいと思えばついてもかまわない、私もそれには同感だ。

それでも良い嘘と悪い嘘がある。嘘で他人の人生を変えてしまうこともある。恐いことだ。それでも嘘がなくなることはない。

私達のクラスは嘘つきの塊だった。

私の小学校生活はなんだったのか？　ただ疑問だけが残り小学校生活を終えた。

私は、父・母に学校では元気にやっていると嘘をついていた。

私もみんなと同じだった。

報告しないといけないことは頭では分かっていた。だが、話を切り出すことができなかった。

両親を悲しませたくなかった。

父は、教師だ。

娘が、学校で孤立していることを知ればどう思うか。父の悲しむ顔が目に浮かんだ。

母も同じだ。自らの生活で精一杯なのに私の出来事まで知ったら精神的に壊れてしまう気がした。

私は、考えた末に打ち明けることをやめた。

中学校生活が不安だった。

黙っていても何も解決はしない。

それでも隠しておけば両親を悲しませずにすむ。

嘘は、私を救ってくれるのか？

いい方向に進むことを私は願った。

その後、中学校に入学した私は安堵していた。

中学校では、違う学校の生徒も来ていた。それもあり新しい友達ができた。私の学校生活に希望が見えた。

私は、運がよかった。今回は良い方向に進んだが逆にひどいいじめにあっていたかもしれなかった。

嘘は善にも悪にもなる。そう実感した。父母には悪い事をしてしまった罪悪感だけが残った。それでも前に進もうと思った。

年は過ぎて私は、高校生活を送っていた。

私の学力は良いものとはいえなかった。

教師の父は勉強にはうるさかった。毎日のように夕食時には喧嘩になった。

母は、なにも言わなかった。それでも表情にでていたので心配していることは察していた。

そういうこともあり私は両親との関係は良くなかった。

学校生活も同じく良いものとはいえなかった。勉強にはついていけずに一人で抱えていた。できると嘘をつき誤魔化していた。

嘘は、連鎖した。友達にも嘘をつくようになり相手も私に嘘をつくようになった。

私が、約束の時間に遅刻すれば相手も平気で遅れて現れた。

嘘をつく人は、相手からも信じてもらえなかった。

そんな日々が続いた。私は昔のように孤立した。

ある日私は、学校の帰り道に公園に寄った。

私は、一人でベンチに座った。

数分が経った頃、一人の男性が公園に入ってきた。

私は男性を見て驚いた。

男性は、昔の面影があり私はすぐに気づいた。

総だった。

小学生の頃、祖母の家の近所の公園で遊んだ。それ以来だった。私は、迷うことなく声をかけた。

「あの～。」

「何か用？」

総は、私に気付いていなかった。警戒しているように見えた。

「私、早紀覚えてない？」

「早紀？　あ！　もしかして昔公園で一緒に遊んだ。」

「そう！　久しぶり。あれから電話くれなかったから心配したよ。」

「ごめん、早紀はなんでここにいるの？」

「学校の帰り、総はどこ高？」

「緑北高（りょくほく）だけど。」

「一緒だ。気付かなかった。」

「そうなんだ。早紀って頭悪いの？」

「良くはないよ。」

「軽いな。お前の父さん有名な教師だよな。」

「そうだけど。」

「大丈夫なのか？」

「大丈夫。両親は私がダメなこと分かってるから。」

「それならいいけど。」

総とは、それ以上会話が続かず別れた。公園を後にして自宅に向かった。

家に着いたのは午後五時過ぎだった。

私は、部活に所属していなかった。それもあり他の生徒よりも早く帰宅していた。

特に不自由はなかった。だが刺激がない日常だった。

私は、一人で悩みを抱えていた。学校に通っても授業にはついていけなかった。誰にも相談せずにそのままにしていた。

そんな日々の中で学力が伸びるわけもなかった。毎日、毎日忙しいと嘘をついて努力もせずに逃げていた。

私がついている嘘は正しい選択ではない事は頭では分かっていた。それでも私は自分がいいように理由をつけて楽なほうに逃げていった。

私は、自らを納得させていた。

一人で考えているうちに夕食の時間になった。私は憂鬱だった。それから家族喧嘩が始まるからだった。

私が、リビングに行くとすぐに父が口を開いた。

「早紀、学校生活はどうだ。」

「まあまあかな。」

「まあまあってなんだよ。早紀、分かっているのか！　俺は教師だぞ。」

「分かってるよ、お偉い教師でしょ。」

「バカにしているのか！」

「バカになんかしてないよ。パパはご立派だよ。」

「それをバカにしていると言うんだよ。早紀！」

「それぐらいにしてあげてよ。早紀が可哀相。」

「お前はやさしすぎるんだよ。だから早紀が怠けるんだ。」

「私が悪いの？」

「そんな事言ってないだろ！」

「言ってるじゃない！」

「ごちそう様。」私はこの空間がたえきれなかった。皿を流し台に置き足早に自室に逃げた。

「早紀。まだ話は終わってないぞ！」後ろから父の声が聞こえたが無視した。

自分が、情けなかった。

家族から逃げて勉強からも逃げた。私には何が残るのか？　胸が締めつけられる気分だった。

不意に玄関のインターホンが鳴った。

部屋の置時計を見ると時刻は午後八時を過ぎていた。

こんな時間に訪ねて来ることは珍しかった。

「早紀！」母の呼ぶ声が聞こえた。

「何？」私は返事をした。

「お友達よ！」

「お友達？」私に家に呼ぶような友達はいなかった。

私が玄関に行くと総が立っていた。

「母さんちょっと出てくる。」

「早く帰ってきなさいよ。」

母は私を止めることはなかった。夜の外出を許してくれた。

私から話掛けた。

「総なんで私の家知っているの？」

「早紀のクラスメイトに聞いた。」

「なんで、私に直接聞かなかったの？」

「面と向かってお前に聞くなんておかしいだろ。」

「何がおかしいのよ。」

「一応女性だからよ。」

「一応って何よ！」

「ごめん、別に悪い意味は無いんだ。」

他愛もない会話をしながらあてもなく歩いた。すると、目の前に公園が見えてきた。

私は昔のことをふと思い出した。

総と初めてあったのも公園だった。

私達は公園に入りベンチに腰を下ろした。

「早紀！」

「何？　急に大声出して。」

「俺の事どう思う？」

「普通の高校生。」

「なんだよそれ。普通って。」

私は総に聞きたいことがあった。

「総、嘘ってどう思う。」

「嘘？　急になんだよ。」

「私、昔ね祖母と母が口喧嘩しているところを目撃したの。その時祖母が言っていたの嘘つきは泥棒の始まりって。」

「あ～、俺も両親から聞いたことがあるよ。今思えばバカバカしい話だよ。子供に悪さをさせない為のおまじないみたいなものだよ。」

「本当かな？」

「どういう意味だよ。」

「総は嘘ついたことある？」

「それはあるよ。」

「どんな?」

「熱が出たとか言って学校休んだりほかにも色々だよ。数えきれないほど。」

「バカバカしい。それで泥棒になったの?」

「なるわけねえだろ。誰だって多かれ少なかれ嘘はつくよ。」

「ごめん。」

「なんで謝るんだよ。」

「総、私ね両親に嘘ついてるの。」

「どんな?」

「私ねクラスで孤立しているの。勉強も頑張っているると両親には言ってるけど本当は何も努力していないの。誰にも相談しないで嘘ついて騙していたの。」

「つらかったな。話してくれてありがとう。」

「うん、私ね誰かにこのつらい気持ちを打ち明けたかったの。心がすっきりした。ありがとう、総。」

総と別れて自宅に帰った。家に着いたのは午後十時過ぎだった。父母は私に怒ることなく心配して玄関で待っていてくれた。

次の日学校に登校した。教室に入るといつもと様子が違った。

皆が私のほうを見ていた。小さな声で何かしゃべっていた。

私は、気味が悪くなった。振り返り教室を出てトイレに向かった。

トイレに着くと二人の女子生徒が中で話している声が聞こえた。

「三年の前島総先輩知ってる？」

「知ってるよ、何かあったの？」

「先輩の父親ってアレだよ。」

「あ～。聞いたことある。恐いよね。」

「同じ学年の早紀って子友達だって。」

「そうなの！　やばくない！」

「二人何かあるよ。」

「コワ！　関わらないほうがいいね。」

「学校内で噂になってるよ。」

私は恐くなった。アレとは何か？　知りたかった。

総本人の口から聞きたかった。

三年生の教室に向かった。だが、総の姿は無かった。

同じクラスの生徒に聞くと総は三年生に上がってから学校に顔を出していなかった。

私は今すぐに総に会いたかった。学校を早退することにした。

嘘の仮病だった。それでも今はどうでもよかった。

だが、探すにも私は総の家を知らなかった。

諦めかけた時、不意に昨日の公園にいるのではないかと思い向かった。

公園に着くと総はベンチに一人で座っていた。私は、息もつかずに声をかけた。

「総！」

彼はこちらに顔を向けて返事した。

「早紀どうしてここに？　学校は？」

「休んだ、総に会う為に。話があるの。」

「なんだよ、話って。俺は何も話す事はねえぞ。」

「私はあるの！　総、学校で噂になってるよ。」

「誰かが出鱈目なこと話したんだよ。」

「そんな事ない。総を見れば分かるよ。総は私に嘘をついてる。あと自分にもね。」

「早紀もう俺にかかわるな。早紀を危険な目に遭わせたくない。」

「私は、総に全部話した。総も私に嘘つかないで。お願い。」

沈黙が続いた。

数分後、総は重い口を開いた。

「分かったよ。でもここで話せる内容じゃない。俺の家まで来てくれ。」

私は従うことにした。二人で自転車で向かった。

総の家は木造アパートの一階の隅の部屋だった。とてもきれいな場所とは言えなかった。

入口のドアを開けた。部屋の中は思っているよりも広く三人程が住めるスペースがあった。トイレ・風呂も付いていた。

総の家庭が私の住んでいる環境とは違うことは部屋に入って分かった。

部屋の中は、物は散らかっており足の踏み場もなかった。

部屋には誰もおらず静かだった。

私から話し掛けた。

「両親は？」

「母だけ。二人で暮らしてる。」

「お父さんは？」

「亡くなった。俺が生まれてすぐに。だから俺もあまり知らないんだ。」

総は話を続けた。

「父さんは俺が生まれる前に借金があって返すことが出来なくなって自ら命を絶ったクソだよ！」総は私に涙ながらに打ち明けてくれた。

「総達は、借金大丈夫なの？」

「俺もそこが引っ掛かるんだよ。父さんが死んだ後、借金も一緒に無くなったんだ。」

「そんなことあるの？」

「俺が思うに誰かが父さんに生命保険をかけて自殺に見せかけて殺したんだと思う。」

「本気で言ってるの？」

「俺は確信しているんだよ。」

「何を？」

「父さんを殺した犯人をだよ。」

「本当に？」

「本当だ！」

そんな信じがたい話を聞いて言葉が出てこなかった。

「早紀、俺は父さんの事はほとんど知らない。だがどんな理由があろうと嘘をついて人殺しをするような奴を俺は許せない。」

「総！　もしかして会いに行くつもり？」

「おう！」

「危ないよ。仮に相手が認めても素直に捕まるわけないよ。」

「俺は覚悟を決めたんだ。悪いけど止めないでくれ。」

私は、悩むことなく口にしていた。

「私も手伝うよ。迷惑はかけない。」

「ダメだ、早紀には父母がいる。」

「私ね、まだ総に死んでほしくない。総もまだ高校生なんだから死ぬには早過ぎる。二人で乗り越えよ。お願い。」

総はため息をつき、降参したように口を開いた。

「分かったよ、でも無理はするなよ、早紀は俺のサポートだぞ。表には出るなよ。」

「分かった。」

二人で場所と段取りを立てた。夕方には、総の家を後にした。

自宅に着くと父母が玄関で待っていた。

母は怒っていた。

「早紀、学校早退して何やっていたの！」

「ごめん、友達の家に行ってたの。」

「友達の家？　あなたは学生なのよ。勉強よりも大事なことが友達に会いに行く事なの。ちゃんと説明しなさい。」

「違うの母さん。友達が困っているの。私、彼が大事なの、彼には嘘をつきたくないの。」

「嘘って何よ！　これ以上迷惑かけるのはやめなさい！」

父が口を開いた。

「もうやめてやれ！　早紀も高校生だ。自分の事は自分で決める。好きにさせてやれ。」

「あなたまで何を言ってるの！」

私は父の方を見た。

「嘘つきは泥棒の始まりだよね、パパ。」

父も私に顔を向けた。

「そうだな、早紀。友達を裏切るなよ。今日はゆっくり休め。」

その後父が母をなだめてくれた。

私は明日、総を必ず助ける。

自らに誓った。

全部終わったら本当の気持ちを総に伝えよう。

私は、明日の為に眠りについた。

私は、悪い夢を見た。

知らないホテルの黒い廊下を歩いていた。隣には総がいた。

一つの部屋の前で私達は止まった。総がドアをノックすると一人の男性が出てきた。

言葉をかわす事はなく私達を部屋の中に通した。

総は入るなり口を開いて男性を問いただした。

相手は何も答えずかばんの中から刃物を取り出し襲ってきた。そこで目が覚めた。

「夢で良かった。」一人でつぶやいていた。

身体中汗びっしょりで手が震えていた。

恐かった。

「このまま二人で実行してもいいのか?」

夢の途中までは総と段取りして決めた内容に似ていた。

場所もホテルだった。現実に男性が刃物で襲ってくるのか心配になった。

それでも、私は彼の力になりたかった。昨日決意したのだ。今さら後戻りはしたくなかった。

「早紀、早くご飯食べなさい。」母の呼ぶ声がした。急いでリビングに向かった。

リビングに着くと父が先に朝食を食べていた。

「早紀、しっかりやれよ。人と人のつながりは信頼だからな。」

私は返事をして朝食を食べた。

総には真実を知ってもらいたい。

朝食を食べ終えて、早めに家を出た。

今日は、いつもより外が暑い気がした。

体中汗をかいていた。まだ自宅を出て数分しかたっていない。いや違う。私は恐いんだ。

私は、今から殺されるかもしれない。

総のお父さんを殺した犯人が潔く捕まってくれることを私は心から願った。

「どうか、私達を救ってください」一人でつぶやいていた。

私は、集合場所のホテルに自転車で向かった。

集合時間よりも早くホテルに着いた。

まだ総は来ていなかった。ロビーで待つことにした。

数分が過ぎ、ホテルに一人の男性が入ってきた。

私は、驚いた。

男性は総の家で見た写真の人物にそっくりだった。総の父親だった。見間違いじゃない。

なぜ生きているのか？

何かがおかしい気がした。

私は総から嘘をつかれたのか？

なぜ私に嘘をついたのか？

分からないことばかりだった。

その時、突然後ろから口を塞がれて気を失った。

どのくらい気を失っていたのか分からなかった。

目を覚ますと、私はホテルの一室にいた。

近くで声がした。

男性は、顔をこちらに向けた。

「総、彼女が目を覚ましたぞ！」

「はい、父さん。」

「最後に教えてやれよ、真実をお前の口から。」

「早紀ごめん、俺は嘘をついていた父さんは生きているんだ。」

「……」

「早紀が俺にかかわり過ぎたから父さんに呼ぶように言われたんだ。」

「早紀ちゃんと言うのか。殺す前に教えてやるよ、本当に死んだのは俺の嫁なんだ。俺は借金がたくさんあってな、返す当てがなかった。だから嫁に生命保険をかけて自殺に見せかけて殺したんだよ。」

私は重い口を開いた。

「なんでそんな事が平気で出来るの！」

「心は痛んだよ。でもお金を返すためだったんだよ。こうするしかなかったんだ。」

「信じられない。借金だけで人殺しなんて。」

「お嬢ちゃんは、大人を知らな過ぎる。他人に分かってもらうつもりもないけどな。もういい。総！　終わらせてやれ。」

「無理だよ。俺には。」

「さっさとやれ。お前は人殺しなんだ。もう後戻りはできねえんだよ。」

「分かったよ、やるよ。」

総は父親が用意していた刃物を受け取り私に近づいてきた。

私は、総に刺されて人生を終えるのね。

父さん、母さんごめん私……

このまま嘘ついて打ち明けることなく死ぬのね。

心の中でつぶやいた。

だが、数分過ぎても私の体に刃物は刺さっていなかった。刃物は総の父親の腹に刺さっていた。

総は、父親を殺して私を助けようとした。

父親は、不意をつかれて逃げることが出来なかった。彼が勇気ある選択をしてくれたことで救われた。

「総、お前ふざけるなよ。俺を裏切るのか?」

「父さん、ごめん。早紀には嘘つきたくないんだ。」

「お前は人殺しだぞ。もう普通の生活は出来ない。分かっているのか?」

「それでも俺は生きて人殺しの罪を償いたい。」

「そうか、俺を裏切って生きるのか。親不孝ものが!」それを最後に総の父親は、息をひきとった。

総が駆け寄ってきた。

「早紀、ごめん。」

「総、もう何も言わないで、生きてくれてありがとう。」

数分過ぎて、総が口を開いた。

「早紀、俺警察に自首する。全部打ち明けるよ。」

「うん、分かった。」

「ごめん、これ以上嘘つきで生きていくのはたえきれない。」

「ごめん、私が余計な事したから。」

「早紀は関係ないよ。嘘はいつかばれる。時間の問題だった。」

「また会えるよね?」

「分からない。俺両親二人とも殺害しているから死刑は免れないよ。」

「私、総のこと一生忘れないから絶対！」

「ありがとう、早紀。」

私は、総の体を強く抱きしめた。

その後、私は警察を呼んだ。殺人の容疑で総は逮捕された。

数日後、事情聴取で総は両親を殺害したことを認めた。

理由は、総の父親が言っていた通り保険金目的だった。

私はすべてニュースで知った。当初は、本当だと思っていなかった。

時は流れた。

数年後、総は両親を殺した罪で死刑を言い渡された。

私は、何度か総に面会を求めた。だが、関係者ではなかった私が会う事は叶わなかった。

殺人現場にはいたが赤の他人でしかなかった。逆に、被害にあったのかと勘違いされて接触を固く禁止された。

会えないならと私は、手紙を書いた。

文章には自信がなかった。それでもありのままに書いた。

総君へ
お元気ですか？

私は、出来ないなりに大学生活を頑張っています。

あれから時は早く過ぎました。総君との思い出を忘れたことは一度もありません。また手紙を送ります。
早紀より
返事が返ってくるか分からなかった。それでもやれる事はやりたかった。
月日は過ぎた。
手紙が返ってきたのは半年後のことだった。
届いた時は、夢ではないかと心配になった。
それでも現実だと分かりうれしくなった。
すぐに封を開けた。
早紀様
手紙ありがとうございます。
私は元気です。
あなたにもう一度会うことは叶いませんが、私は悲しくありません。
あなたと会えたことは嘘偽りなくうれしかったです。
もし、もう一度人生をやり直せるのならまた一人の男性として早紀に会いたいです。
罪をしっかり償います。先に天国で待っています。また手紙くれるとうれしいです。
総より
手紙を読み終えた。私は泣かなかった。
私には、泣いている時間はなかった。

総の分まで頑張らないといけない。

固く決意した。

「総ありがとう。」心の中でつぶやいた。

数年後私は、大学を卒業して新聞記者になった。

仕事は、毎日多忙をきわめた。

朝から夜まで仕事に追われていた。自宅と職場を行き来する日々が続いた。

一年目の私は、書類のコピーなど雑務が主な仕事だった。

記事を書かせてもらえることはなかった。それでも好きで入った職場なので文句はなかった。

むしろやりがいがあった。

そんなある日の昼休憩突然テレビに総死刑囚の刑執行のニュースが流れた。

私はトイレに駆け込んだ。大声で泣いた。

あれから手紙のやりとりはしていた。だが、最後まで会うことは叶わなかった。

今でも一日たりとも忘れたことはない。

「総は、なぜ死ななければいけなかったのか？」

今でも結論は出ていない。

家庭環境もあり父親からお金の為に殺人を強要されていた。誰にも相談できず一人で抱えて罪を重ねた。

私が、あの時彼を庇って二人で行ったと嘘をつけば救うことができたのか？母親の殺人も自らの意志ではどうすることも出来なかった。総は自らの命を犠牲にしていた。嘘をついて父親を助けていた。殺人は肯定されてはいけない。だが、世の中には理不尽な理由で罪を犯した人もいる。救える命もあったかもしれない。

一生答えはでないかもしれない。

それでも考え続けたい。

嘘は、悪なのか？

人を救うための嘘でも愛する人を救う嘘でも許されないのか？

真実を書くのが記者の役目だと私は思う。

だが、誰かが救われる為の嘘なら許されてもいいのではないか？

嘘＝悪、真実＝善。そういう世の中が少しでも変わってほしい。

嘘をつく人にも何かしらの理由があってついていると思う。

そんな苦しんでいる人に少しでも耳を傾けて理解したい。世の中も少しずつ変わっていくことを私は強く望む。

それが明るい未来につながる架け橋になるように。

行く先

0・現在

彼らは、あの数日の出来事をどこでどのように思っているのだろう。

俺は、あの頃の出来事を一生忘れない。

今振り返れば数日の間に俺の生活は大きく変化した。何度も心を揺さぶられた。

そんな中でも俺は、今も生きてこの町に住んでいる。

俺は、生まれた時からこの町に住んでいる。

H県の海沿いにあり町の中心部まで十分程で行ける。学校・スーパー・住宅は中心部に集中している。

そこから徒歩で二十分程の田んぼが広がる歩道の途中にある一軒家が俺達家族の住まいだ。

現在は、結婚をして子供が二人いる。毎日穏やかな暮らしを送っている。

だが、彼らが俺に愛を授けてくれなかったら今の俺はここにいなかった。

今からお話しする内容は俺が子供の頃の数年間の記憶である。悲しく・複雑な感情が蘇る内容でもある。

時は、俺が中学二年生の夏まで遡る。

あの時期は、セミの鳴き声がうるさく暑い日々だった。

1章　俺の過去

「ゆうき！　早く起きなさい！」母（りん）の声で俺（ゆうき）は目を覚ました。

俺は、自室を出て一階に下りた。すると父（たかし）と弟（りく）がリビングの机で先に朝食を食べていた。

朝食のメニューは、パン・卵焼き・サラダ・牛乳だった。

ほとんど毎日同じメニューだが不満はなかった。

父は自宅から十分程車を走らせて到着する山の中で野菜を作る農家をしていた。

そこで採れた野菜が毎日食卓に並ぶ。

俺は、朝食を食べ終えて家を出ようとした。その時、母が「弁当！」とリビングの方から大声を出して玄関にいる俺のところに走ってきた。

「ごめん、忘れてた。」俺は、母に礼を言った。

俺は、母に「行ってきます。」と挨拶をした。すぐに、「いってらっしゃい。」と母の返事が返ってきた。毎日のように母は笑顔で送り出してくれる。

俺は、そんなやさしい母が大好きだった。

思えば俺は母から怒られた記憶がなかった。

それどころか母は、家の中で家族に愚痴や弱音を吐いた事もなかった。

家の中ではいつも笑顔でやさしい母だった。

俺は、弟と一緒に自転車で学校に向かった。

弟は、俺より三歳下で小学六年生だった。この町では小中一貫ということもあり一緒に登校していた。

俺は、弟と別れて自分のクラスに向かった。

俺の二学年は人数が少なく一クラスしかなかった。

教室では、親友の海（かい）と幼馴染で中学校に入学してから付き合っているミクの二人とほとんどの時間を過ごしている。

チャイムが鳴りホームルームの為担任の先生が教室に入ってきた。

先生は、大声で「おはよう！」と毎日第一声に必ず言う元気な男性教師だった。

生徒の事を第一に考えてくれるみんなが憧れる先生だった。

俺は、勉強が苦手だった。毎回テストは散々な結果だった。だが、先生は「次はいい点とれる。」と励ましてくれた。そのおかげで苦手な割に頑張っていた。

その日の授業が終わった。放課後はいつもなら海とサッカーをして遊ぶがその日は彼の提案で山に遊びに行くことになった。

海に「危ないから、やめよう。」と言ったが海は「一日ぐらい大丈夫だよ。」と半ば強引に行くことになった。

山の入口までは自転車で行けたがその奥は道が険しく歩いていくしかなかった。

海は楽しそうに早足で山道を登っていった。

海が「ワクワクするな。」と話してきたが俺は恐くて返事をすることができなかった。

途中別れ道があった。一方は行き止まりでいけなかった。もう一方を登っていくことにした。歩いていくと正面に畑が広がっていた。

海は、辺りを見渡していた。だが、畑しかない事に気づきガッカリしていた。

海は、山に何かおもしろい場所があると思ってきたようだがそんなものはないことを俺は知っていた。

俺は、海と一緒に山を下りようとした。だがその時、下から車が上ってきた。父が乗っていた。

車から降りるなり父は怒鳴った。「ゆうき！　ここには来るなと言ったはずだろ！」大声で怒られて俺は、泣きそうになった。

俺と海は、「すいません。」と父に謝った。その場は許してくれたが、自宅に帰ると再び説教を食らった。

前にも一度だけ父に内緒で山に行ったことがあった。その時も最後は父に見つかってすごく怒られた。そんなことがあり俺は山に行きたくなかった。

なぜ、父がそこまで山に登ることを怒るのか不思議だった。

危険だと言う事は分かるが大声で怒ることなのか理解することが出来なかった。

夕食の時間になった。家族で食事をしている時は父は怒っておらず俺は安心した。母と弟に楽しそうに野菜がいっぱい採れたことを話していた。

今日は山に登って疲れた。俺は早めに眠りについた。

2章　変化（へんか）

次の日学校に行くと海が「昨日はごめん。」と謝ってきた。

「大丈夫。」と一言だけ返事して会話は終わった。

席に着くとミクが「おはよう。」と挨拶をしてきた。

珍しかった。

ミクとは付き合っていた。ただ、学校内で話す事はなかった。

ミクは、人見知りで授業中以外は一人で読書をしていた。

俺とミクが付き合うようになったきっかけは、ミクが読んでいた本の話題で意気投合したことからだった。

ミクは、本の話になると人が変わったように饒舌になった。

俺は、そういうミクの真っ直ぐな性格に惹かれて彼女と付き合うようになった。

昼食を食べて昼休みに海とサッカーをした。その後教室に帰ってきて昼休みが終わる間際、ミクが「ゆうきの家に遊びに行ってもいい？」と聞いてきた。

俺は、「無理だよ。」と返答したが「お願い。」とミクに念押しされたことで断る事が出来なかった。

ミクと遊ぶ時は、毎回ミクの家に行っていた。俺の家に行きたいと言う彼女に少し驚いた。

俺は内心不安だった。

家族のルールで家には父母の許しがないと他人を入れてはいけないことになっていた。そんなこともありミクの家で遊んでいた。

明日は、午前中で学校が終わるので午後から俺の家で遊ぶことになった。

俺は母が許してくれないと思いミクが家に来ることを言わなかった。

次の日は、何事もなく午前中の授業が終わった。帰り支度をしているとミクが「また後で。」と言い教室を出ていった。

自宅に着くと母が用意してくれていた昼食を一人で食べた。その後テレビを見ていると玄関のインターホンが鳴った。

俺は、玄関に向かった。入口のドアを開けるとミクが一人で立っていた。

彼女は、「お邪魔します。」と言い足早に家の中に入ってきた。

ミクは、家に入るなりリビングと台所をうろうろしていた。

その後、急に足を止めて電話機の上のメモの一点を見つめて笑った。

俺は、「何かおもしろい事でも書いてあった?」と彼女に聞くと「別に。」とそっけない返事が返ってきた。

その後、俺の部屋に行った。二人で宿題をしたりミクと俺が読んでいる本の話題で盛り上がりながら時間は過ぎた。

一時間過ぎた頃、母の声が玄関の方からして帰ってきたことが分かった。

悪い予感がした。母が俺の部屋に入ってくるなり「ゆうき、家に友達を入れちゃダメって言ったでしょ!」これまで見たことのない険しい表情で睨んできた。

俺は、呆気にとられていた。だが、ミクは何事もなかったかのように「お邪魔してます。」と挨拶をした。

母は、「急だけど帰ってもらえない?」と言った。「分かりました。」とミクは素直に受け入れて部屋を出て玄関に向かった。

俺と母は玄関まで行きミクを見送った。

ミクは玄関で「ゆうき、また明日。」と笑顔で言い家を出ていった。

その時俺の隣にいた母の顔が初めてみる笑顔でもなく怒りでもない不気味な表情をしていたのを覚えている。

夕食時、母はいつもと変わらない笑顔で楽しそうに食事をしていた。俺を怒る気配はなく安心した。

食事を終えて自室に戻りミクに「今日はごめん。」とメールを送り風呂に入って眠りについた。

次の日は、珍しく朝から雨が降っていた。

カッパを着て家を出る時、父母は珍しく家におらず弟だけだった。

弟に「父さん・母さんは？」聞くと「今日は忙しいから家を早く出るんだって。」と返ってきた。

父は、畑を見に行ったのだと思った。

母は、スーパーでアルバイトをしていた。そんな事もあり早番で早く出たのだとその時は納得した。

自転車で雨に打たれながら学校に向かった。正門でミクとばったりあった。

俺は、「おはよう。」と挨拶した。すると、ミクは「あ！」と驚いたような返事をした。

毎日元気な返事が返ってくるのに今日のミクは何かに怯えているように見えた。彼女の様子はおかしかった。

彼女は、教室に入っても俺と話そうとしなかった。下校の際も一人で早足で帰ってしまった。

何かが変だと思った。ミクを引き止めようとしたがすでに教室に彼女はいない。

今思えば、あの時彼女を引き止めておけば何か未来が変わっていたかもしれない。だが、この頃の俺にはどうすることもできなかった。

俺は、放課後雨が止んでいたのでグラウンドで海とサッカーをしてから帰った。

午後五時頃、自宅に帰ると母が「手洗い・うがいしてらっしゃい。」と台所から声をかけてきた。

母は、夕食の準備をしていた。父は、リビングでテレビを見ていた。

弟は、友達の家に泊まると朝言っていた。

夕食まで勉強をしながら途中で心配になってミクに「大丈夫？」とメールを送った。

数分後、ミクから「大丈夫。心配かけてごめん。用事があって先に帰ったの。また明日。」返事がきて安心した。

夕食の時間になりリビングに向かった。食卓にいつもと違う豪華な料理が並んでおり驚いた。

母に「何これ？」と聞くと「スーパーで食材が安かったから色々作っちゃった。」と自慢げな返事が返ってきた。

俺は、不思議に思った。安いとはいえステーキ・うなぎは母は買わないと思った。

母は、お金に厳しいと父がよく話してくれた。

料理はおいしかった。だが、なぜか雰囲気は和やかでなく淀んでいた。

俺は、食事を終えて自室で勉強をしていた。不意に窓の外に赤い光が見えた。

窓を開けて辺りを見渡してみると光はすぐ近くだった。だが、誰の家かは分からなかった。

見に行こうと思ったが明日も学校があった。その日は勉強を切り上げて寝ることにした。

次の日、学校での生活はいつも通り進んでいた。

一つを除けば。

ミクが学校に来ていなかった。

その日は体調不良だと思った。だが、その日から三日連続で休んだことで俺は心配になりミクの家に行くことにした。

俺は、入口のインターホンを鳴らした。するとミクの母親が入口まで出てきてくれた。「ゆうき君、久しぶり。」声を掛け迎えてくれたが表情は暗かった。

俺は、「ミクの体調大丈夫?」と聞くと突然ミクの母親は泣き出した。その後「ミクは三日前から行方不明なの。」と口ずさんで俺は驚いた。俺は、掛ける言葉が見つからなかった。

事故、事件に巻き込まれたのか？　心配になった。だが、一度冷静になりミクの母親にミクの部屋を見せて欲しいと頼んだ。すると、快く部屋に案内してくれた。

ミクの部屋は、整理整頓がされており本棚には彼女の好きなミステリー小説がたくさん並んでいた。

特に変わったところはなかった。だが、机の上に俺がミクに貸した国語のノートが置いてあった。ミクの母親が「ミクがゆうき君に返しておいてと言っていたの。」と伝言を残していたようだった。

俺は、何気無くノートを開きページをめくった。すると、身に覚えのない写真が途中のページに挟んであった。

俺は、手にとった。

写真には、母と俺達の担任の先生がアパートに入っていく様子が写っていた。

写真の下には、ゆうきの母親は教師と不倫をしていると書かれていた。

詳細に日付や時間も書かれていた。俺は、驚きを隠せずにノートを持ってミクの家を挨拶もせずに走って出てしまった。

嘘だと信じたかった。だが、今は真実が知りたかった。

母と先生に聞いても本当の事を話してくれるとは思えなかった。

不意に思った。父は母の不倫を知っているのか？　俺は、自宅に走った。

入口のドアを開けて玄関の靴を確認した。幸いな事に母の靴はなく父の物だけだった。

リビングに入ると父が一人でテレビを見ていた。

「父さん。」声を掛けると「何だ、ゆうき。」と軽い返事が返ってきた。

少し間をおいて俺は話を切り出した。

「父さん、母さんが俺の担任の先生と不倫をしているんだ。」

「そうか。」「知っていたの?.」「あ〜。」「なんで俺と弟（りく）に言ってくれなかったの?.」「家族を守る為だ。」「家族?.」「りんは、自分と一緒の思いを二人にさせたくないと毎日言っていた。」「一緒の思いって何?.」「それはりんの過去に関係あるんだ。りんを責めないでくれ。」と父は話し天井を見上げ母の過去について語り出した。

3章　両親の過去

俺達が住んでいた町はH県からフェリーで三十分程で着くT県の町だった。

りんと初めて出会ったのは中学校に入学してすぐの頃だった。

りんは、父親が町で有名な工場の社長さんだった。そこの一人娘がりんだった。

学校では、元気でよく男子生徒と一緒にサッカーで遊んでいた。俺はよく見かけることがあった。

一方で俺は気が弱かった。よくクラスの男子生徒にからかわれていた。だが、毎回りんが俺を助けてくれた。

りんは、俺が唯一心を許せる友達だった。

そんなある日、りんの家に遊びに行けることになった。

りんの家は、立派で俺が遊びにいってもいいのかと不安になった。

門の前で帰ろうと思った時、「たかし君、いらっしゃい。」と玄関の前でりんが出迎えてくれた。

入口のドアを開けるとりんの母親が「いらっしゃい。」と笑顔で出迎えてくれた。

家の中に入ると高価な置物がたくさん飾られていた。

リビングに案内されるとりんの父親（こうじ）が食事をしていた。

「こんにちは、たかしと言います。」と挨拶をしたがこうじさんは聞こえなかったのか食事を続けていた。不愛想な人だった。

俺とりんは、リビングを出てりんの部屋に向かった。ドアを開けて俺は、唖然とした。彼女の部屋には、ベッドと勉強机しかなかった。リビング・玄関とはまったく違う空間にいるように感じた。

「いつも何しているの？」と聞くと「勉強。」と元気良い返事が返ってきた。

「外で遊ぼうよ。」と俺が言うと「ダメ、お父さんに怒られる。」と怯えるように彼女は答えた。

りんの部屋にきたがやる事が勉強しか思いつかなかった。二人で二時間程宿題に取り組んだ。途中、りんの母親がおやつのケーキを持ってきてくれた。勉強を止めて休憩した。

その後、りんの家を後にした。

りんの母親は、やさしくいい印象を覚えた。だが、父親は無愛想で恐そうな人だった。

それでも、りんと過ごせたことはうれしかった。だが幸せな日々は続かなかった。

次の日からりんとの距離が急に遠くなった。理由は分からなかった。

俺は、休み時間に彼女に話し掛けようとした。だが、なぜかりんの方から俺を避けるように違うクラスメイトの所にいってしまった。

俺が何か彼女を傷つけることをしたのかと思ったが身に覚えがなかった。

数日が過ぎ、りんのことを忘れかけていた頃偶然スーパーで彼女を見かけた。りんは、両親と買い物に来ていた。楽しそうにしていたが父親は退屈そうな表情をしていた。「早くしろ！」と怒っていた。

買い物を終えたりん達家族の跡を俺はつけた。車に乗り込むところで見てはいけない光景を目にした。

父親が「遅いんだよ！」と怒号を上げてりんを殴っていた。

彼女は泣いていた。だが、父親は気にもせずにその後も数回殴っていた。

母親は止めもせずにただ見ているだけだった。

止めに行こうとしたが中学生の俺では何もできないと思った。子供であることを恨んだ。

りん達家族は駐車場に人が入ってくると車に乗り込みスーパーを出ていった。

次の日から彼女は学校にこなくなった。

りんの自宅に行こうと考えたが彼女が俺に会ってくれるとは思えずに諦めた。

年は過ぎ、彼女と再会することになったのは俺が高校を卒業してコンビニでアルバイトをしている時期だった。

ある日の深夜、コンビニに二人の女性が入ってきた。

一人は見知らぬ女性だった。だが、もう片方の女性は昔の面影が残っていた。りんだとすぐに分かった。

彼女は、パンと牛乳を持ってレジまで来た。

会計を終えて出て行こうとする彼女に「りん！」と声を掛けた。

彼女は一瞬びっくりした様子だった。「誰？」と返事して足を止めてくれた。

「中学時代の同級生のたかしだよ。」と答えると思い出したように彼女が話し出した。「元気だった。急に学校にいかなくなってごめん。」彼女は暗い表情で話した。

「バイト終わり、話せない？」と彼女は聞いてきた。俺は、「うん。」と返事した。彼女は近くの喫茶店で待っているといい残し店を出ていった。

バイトが終わり俺は喫茶店に向かった。店に入ると、彼女は奥の禁煙席に座っていた。

店員さんに「コーヒー一杯。」と注文し、りんの待つテーブルに向かった。

俺は、席に着くと「遅くなって、ごめん。」と一言謝った。彼女は、「大丈夫、この後予定ないから。」と覇気の無い返事をした。

俺が「今、何してるの？」と質問すると「家にいる。」とだけ返事した。

俺は彼女の服装に目をやった。

店内は、冷房は効いていたが寒くはなかった。彼女はなぜか厚着をしていた。

「寒いの？」と聞くと「寒くないよ。」と返ってきた。だが、顔から首にかけて汗をかいていた。

何か違和感を抱いた。

俺は、中学時代の記憶が不意に頭をよぎった。

俺は、勇気を出して彼女に聞くことにした。

「りん！　実は中学生の頃スーパーの駐車場でりんが父親から暴力を振るわれているところを目撃したんだ。もしかして今も…」と言った時だった。

彼女が話を遮った。

「やめて！」と彼女の声が店内に響き渡った。

「すいません。」と俺は店内の客に謝った。

数分後、彼女は落ち着いたように「家に来る？」と俺を誘ってきた。

何か秘密があるのかも知れない。俺は「うん」と返事をしてりんの家に行くことにした。

俺は、机の上に残ったコーヒーを一気に飲み干しお会計をして店を出た。

数分二人で歩いて彼女の家に着いた。

昔とは比べ物にならない程古びたアパートに住んでいた。

彼女が入口のドアを開けた。すると中からお酒の嗅いがして鼻をついた。玄関から一人の男性が見えた。

昔の面影がありすぐにりんの父親だと分かった。

部屋は荒れていた。足場がなく部屋の中央でいびきをかいて父親が寝ていた。

「クソ親父！」と彼女は吐き捨てた。

彼女は続けた。

「もうこんな生活が数年続いているの。突然母が急死してそれに重なって不景気で父の会社の業績が悪化した。工場を畳むしかなかった。それ以来父親から日常的に暴力を振るわれていたの。いつ殺されるか、恐かった。」震える声で彼女は打ち明けてくれた。

二人で話をしていると父親が目を覚ました。「うるせえぞ！」と怒号をあげた。近くに置いてあった酒瓶を持ってこちらに向かってきた。俺は、身の危険を感じた。彼女の手をとりアパートから逃げた。

近くの公園まで二人で走った。着くと公園内のベンチに座った。

彼女が「私、殺されるかも。」と心細い声で話した。俺は、彼女をこのまま一人で家に帰すわけにはいかないと思った。俺は決意した。彼女に「一緒にこの町を出よう。」と提案した。だが、「無理だよ。」と彼女は返事した。俺は無理やり彼女の手を掴み近くのフェリー乗り場に走った。

フェリーに乗ればH県に行ける。知らない町で身を隠して新しい生活が出来ると俺は思った。

数分走ってフェリー乗り場に着いた。ちょうど最終便が出発するところだった。

急いで切符を買って二人で船に乗り込んだ。

船は、三十分程でH県の港に着いた。ひとまず安心した。

最初は不安そうだった彼女も少しずつだが明るい表情を見せてくれた。

H県は、漁業が盛んな県でいっぱいの魚がとれると学校の授業で聞いたことがあった。

フェリー乗り場の近くには鮮魚店がいっぱい並んでいた。

その日は、夜も遅かったので近くの宿に泊まることにした。

次の日は、運がよく宿主が空き家があると一軒家を俺達に貸してくれた。

それからは、俺は野菜作りを始め農家になった。彼女はスーパーのアルバイトをして二人で助け合い日々を送った。

二人での生活が、一年過ぎた頃俺達に子供ができた。ゆうきの誕生だ。その後も二人目の子供が生まれて幸せな日々が続いた。

彼女は、涙を流しながら「この子は私達が一生守っていく。」りんは強く決意していた。

それから数日後、彼女と結婚式をあげた。

当日は、町の住人・俺の親族が来てくれた。

そんな中、最悪な出来事が起きた。りんの父親が式に来ていた。

俺の親族がりんの父親に招待状を送ってしまったのだ。

りんの父親は、終始険しい表情をしていた。

式の最中は静かにしていた。だが、式が終わるとりんの手を強く握り式場を出ていった。

外では二人が口論をしていた。

「お前、俺に報告もせずに何やっているんだ。」

「父さんには関係ないでしょ。私はたかしさんと幸せになるの。」

「ふざけたことを言うな。俺が許すと思うのか！」

「そんなの関係ない。私はもう父さんの面倒をみるのは嫌なの！」と言った途端りんの父親が彼女の腹を殴り暴力を振るい出した。

俺は、思わず感情的になった。近くにあった石でりんの父親の頭を後ろから殴った。

りんの父親は、頭から血を流して倒れ込んだ。

俺は、どうしていいのか分からなくなった。その時、りんは俺から石を奪い父親の頭を何度も殴った。

その時の彼女の表情はこれまでの怒りが弾けたように恐ろしい顔をしていた。

りんは、死体となった父親の上で「たかしさん、ありがとう。」とこちらを向いて笑顔で微笑んだ。

その後、誰にも見られないように死体をブルーシートで巻いて俺が仕事で使っているトラックの後ろに乗せて山奥の野菜畑の近くに埋めた。

りんとは、その後何もなかったようにこれまで通り家族として過ごした。

だが、嘘はいつかバレるのだと知った。ゆうきが中学校に入学してすぐの頃だった。

りんの様子がいつもと違うことに気づいた。

彼女は、次の日にアルバイトがあるので夜は早く寝ていた。だが、ゆうきが中学校に通うようになってから夜外に出るようになったのがきっかけだった。

ある日、俺は気づかれないようにりんの後をつけた。すると、りんが知らないアパートに入っていくのを目にした。

数時間して一人の男性と一緒に出てきた。帰り際二人で何かしゃべっていたが聞き取ることは出来なかった。明日本人から聞く事にした。俺は、りんに気付かれないように自宅に帰って寝た。

次の日りんに聞くと「父親を殺したところを目撃されていたの。それを材料に脅されて肉体関係を持ちかけられたの。断ることはできなかったのごめんなさい。」りんは涙ながらに答えた。

男性の正体が、ゆうきの担任の先生だと分かり俺はやめるように言う為会いに行こうとした。

だが、りんに「やめて、子供達の為なの。両親が人殺しだとバレたら二人は悲しむそっとしておいてお願い。」と引き止められて俺は会いに行くことを断念した。

心の中で男性への怒りだけが残った。

その時、玄関から「ただいま！」とゆうきの声が聞こえた。

二人で玄関までいき笑顔で「おかえり！」と言い出迎えた。

4章　おわり（真実）

リビングは静まりかえっていた。

父から母の過去を聞いて返す言葉が思いつかなかった。

数分後、悩んだ末俺は話を切り出した。

「ミクは?」

「すまなかった。彼女は知り過ぎた。子供とはいえ。」父は、下を向き苦しそうに答えた。

俺は、察した。

ミクは、もうこの世にはいないんだと。

俺は、電話機の上のメモに目をやった。

メモには、担任の先生の名前と携帯番号が書いてあった。その下に日付が何個かつけたされていた。

日付は、ミクが行方不明になった日と一致した。

ミクは、母に前から不信感を抱いていたと思う。だから、急に家に遊びに来たのだ。

ミクは、核心に迫ってしまったのだ。

彼女は、このメモをみて、先生と母が会う日付を知ったんだ。

その後、どちらかの後をつけて不倫を決定的にする写真を撮ったに違いない。

だが、母も警戒していた。

誰かにつけられていないか、目を光らせていたと思う。

ミクは、たぶん二人に近づき過ぎた。ミステリー小説のように何かを暴きたくて好奇心で進み過ぎて周りが見えていなかったのだろう。

引き返したくても遅かった。

母に気づかれて口封じの為に殺された。

ミクは、ただ真実を知りたかっただけだと思う。

だが、大人の事情に足を踏み込み過ぎた。

俺が推測できる範囲はこの程度だった。

ただ、確かなことは一人の少女が理不尽な理由で殺されたことだ。

ミクとの思い出が蘇ってくる。

彼女とは、幼馴染だったが付き合い初めたのは中学校に入学してからだった。

短い恋だった。

それでも一緒にいて楽しく心を許せる恋人だった。


好きな本の話をしたり他愛もない会話でも一緒に笑って毎日が有意義だった。

「ミクごめん。守れなくて。それでもミクのおかげで父母を知ることができた。一生忘れないから。」心の中でつぶやいた。

父に「外に出てくる。」と伝えた。「頼むぞ、りんを楽にしてあげてくれ。」「うん！」父は、俺が母に会いに行くことを察していた。家を出て一直線に山奥の畑に向かった。だが、母はいなかった。

俺は、悩んだ末一つの場所が頭に浮かんだ。

俺は走った。山を下りて町の中心部に向かった。途中で母を見つけた。

母は、交番のすぐ目の前の通りを歩いていた。

「母さん！」俺は大声で叫んだ。すると母はいつもの笑顔でこちらに振り向いてくれた。

母は「ゆうき、どうしたの？」と惚けた語り口で俺を見つめていた。

俺は「母さん、父さんから全部聞いたよ！」

「あら、たかしさん話したのね。」「うん。もう全部知ってる。ミクのことも。」

「そう。じゃあ、私から話す必要はないね。」母は、降参した様子だった。

母は、話を続けた。「母さん自首することにしたの。もうこれ以上罪を背負って生きていくのはたえきれなくてね。」疲れた表情で話していた。

俺は、母を励ましてあげたかった。「母さん！　俺、頑張るから。りくと一緒に頑張るからね！」思いっきり叫んだ。

「うん。」母は一言だけ返事をして振り返って交番の方向に歩みを進めた。

その日に父も自首した。両親は、警察署で人を殺したことを認めた。その後、山奥から二人の遺体が見つかった。

検査結果からミクと母の父親のものだと分かった。

二人は殺人の罪は認めたが理由については、本当のことを話さなかったようだ。道端で口論になってカッとなって殺したと嘘の内容がニュースで報じられた。

真実を話したところで誰かが救われる事件でもなかった。

父母の気持ちは世間からしたら受け入れ難い内容だった。俺の胸の中だけに止めておくことにした。

時は過ぎて俺が大人になった現在に戻る。

俺が、教師になり故郷に帰ってきた時にはもうミクの両親は引っ越していた。ミクが亡くなった事を受け入れることができなかったと思う。突然我が子がいなくなれば誰でもパニックになると思う。

それでも一言挨拶したかった。

母と不倫をしていた教師は、現在も他県で教師を続けている。教師仲間から聞いた情報だ。

だが、俺は先生を責めることは出来ない。

母が自首したあと先生は、罪滅ぼしなのか俺が成人するまでお金の工面をしてくれた。彼を許すことはできないが感謝はしている。彼のおかげで俺は、教員免許を取得して教師になることができた。

彼の協力がなかったら俺と弟は今頃どうなっていたか分からなかった。

俺は、ミクが亡くなってから毎年墓参りを欠かさずしている。

せめてもの償いだった。これからも続けていくつもりだ。

両親がもし罪を償って戻ってきたら、今度は俺が二人を守って恩返しをしていきたい。

教師として母のような環境で苦しんでいる生徒を一人でも減らせるように日々努めていきたい。

今日も一日が始まる。チャイムが鳴り校舎に子供達の笑い声が響き渡っている。命の鼓動が広がっている。俺は、今日も生徒と向き合っていく。

彼らの未来が希望で満ち溢れるように。

あとがき

「本を出しませんか？」と最初にお電話を頂いた時の事は今でも忘れていません。

正直最初は、間違い電話かと思った位です。

当初の私は、何気なく趣味で書いていた手書き原稿を後先考えずに送りました。

返事が返ってくるとは、まったく考えていませんでした。

数ヶ月して文芸社様から電話をいただいた時は驚きました。

最初は、自分の原稿が本に出来るのかと不安でした。

ただ、文芸社様からお声がなかったら自分は一生本を出すことは叶わないと思い出版したいと思いました。

私は、趣味で小説を読んでいます。

小説を拝読していると自分の知らない言葉が数多くでてきます。

私も、こんな作品が書けたらいいなと思いながら日々執筆していました。

たぶん、私の作品を読んだ方は文章がつたない・内容が浅いとクオリティーの低さを指摘するかもしれません。

私もその点については自覚してます。

世の中には、すばらしい作品が溢れています。

正直、本を出すことの厳しさは身をもって実感しています。

私は、何度か賞に応募しました。

しかし、いい結果を貰うことはできませんでした。

そんな中で、文芸社様からお声をいただき今があります。

感謝しかありません。

本の内容につきましては、私が日頃から頭の中で疑問に思っている題材を元に執筆しました。

そして私が、最初に筆をとって書いた作品でもあり感慨深いものがあります。

一人でも多くの方が手にとって少しでも心が揺さぶられたらいいなと思っています。

最後になりますが、文芸社様のお力添えがなかったらこの作品は世に出ることなく消えていたと思います。

あらためてご協力いただき感謝申しあげます。

短いあとがきとなりましたが、最後まで読んでいただきありがとうございました。

山元　カエデ

著者プロフィール

山元 カエデ（やまもと かえで）
1995年6月6日生まれ
静岡県出身 兼 在住
趣味：読書・映画鑑賞
読書をする中で、自分で物語を描きたいと思い執筆に挑戦。
本書は、日常の生きづらさ、未来への不安、そんな人間の日々の葛藤をテーマに執筆。
今後も執筆活動を継続し、様々なコンテストに応募予定。

葛藤を抱えた者達に灯火を

2025年3月15日　初版第1刷発行

著　者　山元 カエデ
発行者　瓜谷 綱延
発行所　株式会社文芸社
〒160-0022　東京都新宿区新宿1－10－1
電話　03-5369-3060（代表）
03-5369-2299（販売）

印　刷　株式会社文芸社
製本所　株式会社MOTOMURA

ISBN978-4-286-26204-8